Der Kleene mit der großen Gusche

Das Beste von Eberhard Cohrs

Der Kleene mit
der großen Gusche

Das Beste von Eberhard Cohrs

Eulenspiegel

ISBN 978-3-359-02277-0

Umschlaggestaltung: Verlag unter Verwendung
zweier Fotos: ullstein bild - Winkler / Klaus Winkler
Druck und Bindung: CPI Moravia Books GmbH

Ein Verlagsverzeichnis schicken wir Ihnen gern:
Eulenspiegel · Das Neue Berlin Verlagsgesellschaft mbH & Co. KG
Neue Grünstr. 18, 10179 Berlin
Tel. 01805/30 99 99
(0,14 €/Min., Mobil max. 0,42 €/Min.)

Die Bücher des Eulenspiegel Verlages erscheinen
in der Eulenspiegel Verlagsgruppe.

www.eulenspiegel-verlag.de

Inhalt

Zum Geleit

Für mich war Eberhard Cohrs der Größte – mein Vater eben. Den meisten ist er allerdings als »der Kleene« in Erinnerung. Tatsächlich war er nur einen Meter sechsundfünfzig groß. Laut eigener Aussage bewog ihn dieser Umstand dazu, die Karriere eines Jockeys anzustreben – in seiner Jugend wog er angeblich noch schlanke vierzig Kilo –, doch waren selbst hierfür »de Beene zu kurz«.

So entschied er sich, wenigstens in die Breite zu wachsen, und ging bei einem Konditor und Pastetenbäcker in die Lehre. Der 1921 in Dresden geborenen Frohnatur kam allerdings, wie allen Männern seiner Generation, der Krieg bei der Lebensplanung in die Quere. 1941 wurde er, zunächst als Funker, in Hitlers Armee eingezogen.

Nach dem Krieg kehrte er in seine Heimatstadt und sein Elternhaus zurück und versuchte es wieder als Zuckerbäcker. Aber für die gab es wenig zu tun in dieser Zeit, also besann er sich seines anderen Talents und eines anderen elementaren Bedürfnisses des Menschen, das er stillen konnte. Bei aller Not – »es musste ooch was zu lachen jeben«. Im November 1945 legte er vor der Artistenloge in der Dresdener Skala seine Komikerprüfung ab.

Es folgten erste Auftritte in den Varietés seiner Heimatstadt. Schon bald war er in ganz Sachsen bekannt, und so verschlug es ihn 1947 auch nach Leipzig. Dort trat er unter anderem im Eden und dem Erdner Treppchen auf und wurde schnell zum Publikumsliebling. In dieser Zeit lernte er auch meine Mutter kennen. Bald machten ihn Gastauftritte, zum Beispiel in Hans Joachim Heinrichs Berliner Kammerbrettl, und Auftritte im Rundfunk in der ganzen Republik bekannt. Die Menschen mochten ihn, weil er ihnen – noch dazu in breitem Sächsisch – aus dem Herzen sprach und über die alltäglichen Ärgernisse und Probleme im realexistierenden Sozialismus witzelte. Dies sollte auch in den kommenden Jahren sein Thema bleiben.

1959, als ich vier Jahre alt war, gelang ihm endgültig der Durchbruch zum Starkomiker der DDR, als er von Heinz Quermann für dessen Fernsehsendung *Da lacht der Bär* entdeckt wurde. In den sechziger Jahren war er dann nicht nur regelmäßig im Fernsehen zu sehen, er trat mit seinen Programmen auch im Friedrichstadtpalast auf, ging mit Komikerkollegen wie Horst Feuerstein und Bobby Bölke als Sketchpartner auf Tournee und nahm Schallplatten auf. Auch in einigen DEFA-Filmen wirkte er in kleineren Rollen mit.

Meine Eltern hatten sich Ende der fünfziger Jahre getrennt. Mein Vater ließ aber die Verbindung zu mir nie abreißen. Er war großzügig, und mir fehlte es an nichts. Oft nahm er mich zu Gastspielen mit, und ich bin vor Stolz fast geplatzt, wenn er die Menschen zum Lachen brachte. Am liebsten hätte ich jedem im Saal erzählt, dass das mein Vater ist.

1971 heiratete er seine Sketchpartnerin Dagmar Graf, 1972 wurde der Sohn Christopher geboren. Doch obwohl es privat und beruflich gut zu laufen schien, fühlte mein Vater sich hinter den Kulissen der DDR-Unterhaltungsindustrie zunehmend gemaßregelt.

Inzwischen hatte er seine eigene Show, *Hallo Eberhard*, und trat regelmäßig in der beliebtesten Unterhaltungssendung des DDR-Fernsehens, *Ein Kessel Buntes*, auf, wo er als »der Kleene – mit der großen Gusche« kein Blatt vor den Mund nahm. Seine politischen Witze über die blütentreibende Bürokratie, über Versorgungsmängel und über das Unvermögen gewisser Parteigenossen wurden als subversiv eingestuft. Er musste fortan seine Manuskripte vorlegen und erhielt sie bis zur Unkenntlichkeit zusammengestrichen zurück. In einem späteren Interview beschrieb er die damalige Situation so: »Was ich sagen durfte, darüber hat niemand gelacht, und worüber mein Publikum gelacht hätte, das durfte ich nicht sagen.«

So nutzte mein Vater, der sächsische Kalauerkönig, im Februar 1977 einen Auftritt in Westberlin, um seinem Land den Rücken zu kehren. Zwölf Jahre sollten vergehen, bis ich ihn wiedersah.

Seiner Frau Dagmar und dem gemeinsamen Sohn wurde die Ausreise gestattet. Wiedervereint mit der Familie und frohen Mutes konnte mein Vater dann aber, entgegen seinen Erwartungen, im Showbusiness der Bundesrepublik nicht an die alten Erfolge anknüpfen. Wenige Wochen nach seinem Weggang aus der DDR räumte Rudi Carrell ihm in seiner Fernsehshow *Am laufenden Band* eine Gastrolle ein, um ihn dem Westpublikum vorzustellen. Doch sein Auftritt geriet zum Flop; niemand lachte. Mein Vater war mit Leib und Seele Dialektkomiker, in seiner neuen Wahlheimat aber verstand man den nuschelnden Sachsen nicht. Er musste sich in den folgenden Jahren hinter den Kulissen als Gag-Schreiber, unter anderem für Harald Juhnke, Grit Boettcher und Diether Krebs, verdingen. Auch durch Nebenrollen im Fernsehen sowie Auftritte als Sam Hawkins und Tante Droll bei den jährlichen Karl-May-Festspielen in Bad Segeberg hielt er sich und seine Familie über Wasser. Seine Frau Dagmar trug ihrerseits mit dem Aufbau einer Tanzschule in Bad Bramstädt – die auch heute noch besteht – zum Lebensunterhalt bei.

Selbstverständlich ist es, dass er unmittelbar nach dem Mauerfall in die alte Heimat und in sein geliebtes Haus am Scharmützelsee bei Berlin heimkehrte. Er wagte auch sofort, noch 1989, einen Come-back-Versuch im Dresdener Kulturpalast und stellte erleichtert fest, dass sein Publikum ihm nichts nachtrug und ihm über die Jahre treu geblieben war. Auch sein Auftritt 1992 zum ersten »Tag der Sachsen« in Torgau war ein voller Erfolg. Zu diesem Zeitpunkt war er schon vom Krebs gezeichnet, doch der frenetische Applaus der Zuschauer gab ihm Kraft und Lebensfreude und ließ ihn noch einmal zu alter Form auflaufen. In den neunziger Jahren war er dann an der Seite von Leni Statz, Wolfgang Roeder und Winfried Krause häufig in Sendungen des MDR zu sehen.

Einen schweren Schicksalsschlag musste er 1998 hinnehmen, als sein damals sechsundzwanzigjähriger Sohn bei einem Tauchunfall ums Leben kam. Daraufhin zog der schwerkranke Mann sich aus der Öffentlichkeit zurück.

1999, auf dem Sterbebett, vertraute er seinem Anwalt ein lange gehütetes Geheimnis an: Er habe eine SS-Vergangenheit. Sein Anwalt, Peter-Michael Diestel, stellte Nachforschungen an. 2004 kam ans Licht der Öffentlichkeit, dass Eberhard Cohrs im September 1944 in das Konzentrationslager Sachsenhausen beordert worden war und bis Februar 1945 dem SS-Totenkopf-Wachbataillon angehörte. Dieser Fakt war dem Ministerium für Staatssicherheit seit 1968 bekannt; eine umfassende Prüfung hatte keine Hinweise auf eine Beteiligung an Verbrechen gegen die Menschlichkeit erbracht. Diestel resümierte: »Wir werden wohl mit dem Widerspruch leben müssen, dass Cohrs mehr war als nur der Komiker, der mit seinem Witz an der DDR-Fassade gekratzt hat. Er war eben als junger Mensch – wie so viele andere – nicht zum Widerstandskämpfer geboren, der es wagte, Nein zu sagen.«

Es fiel mir schwer zu glauben, dass es wahr ist. Mein Vater hatte nie mit mir darüber gesprochen, was er im Krieg erlebt hatte. Am 17. August 1999 starb er.

Wenn ich meinen Vater heute im Fernsehen sehe, habe ich das Gefühl, er ist immer noch bei mir. Ich genieße seine Sketche und Lieder wie den »König von Sachsen«. Das war er wirklich: der Komikerkönig, und er war und ist mein Vater.

Ich freue mich, dass einige seiner Texte nun als Buch erscheinen und einmal mehr seine Fans und mich zum Lachen bringen.

Petra Horn

Der Erlkönig

FEUERSTEIN: Was willst du denn hier?

COHRS: Ich bin froh, dass ich hier draußen bin, jetze. Dort hinten is eine Kälte … Hier isses scheen warm.

FEUERSTEIN: Also, Eberhard ich …

COHRS: … hier isses scheen gemiedlich.

FEUERSTEIN: Eberhard, ich bitte dich, verlasse im Moment die Bühne!

COHRS: Ich bin ja froh, dass ich hier bin!

FEUERSTEIN: Also, wenn du jetzt nicht sofort die Bühne verlässt, dann erlebst du was, was du noch nie erlebt hast!

COHRS: Wieso? Gibts Kaffeesahne?

FEUERSTEIN: Was willst denn du überhaupt hier?

COHRS: Sei doch nich immer gleich so'n uffgeregtes Hemde, Mänsch! Ich will ja ooch mal was vortragen.

FEUERSTEIN: Aber doch jetzt nicht!

COHRS: Ich hab ä großes Werk geschrieben … Ä ganz großes Gedicht …

FEUERSTEIN: Deine blöden Gedichte, die kenn ich!

COHRS: Bleede Gedichte?

FEUERSTEIN: Ja!

COHRS: Das hab ich mir so scheen zusammgemärt … und das wollt ich gerne mal vortragen … was ganz Neues.

FEUERSTEIN: Ach!

COHRS: Was ganz Grooooßes. Der Erlkeenich!

FEUERSTEIN: Was?

COHRS: Hab'ch geschrieben.

FEUERSTEIN: Waaas, der Erlkönig?

COHRS: Der Erlkeenich!

FEUERSTEIN: Sag mal, denkst du, ich bin blöd?

COHRS: Ja, wenn ichs mir richtig überlege, möcht ich dir

nich widersprechen … Das hab'ch geschrieben und das möcht ich gerne vortragen.

FEUERSTEIN: Eberhard … der Erlkönig ist doch nicht von dir. Das weiß doch jedes Kind!

COHRS: Was, der Erlkeenich? Der is nich von mir?

FEUERSTEIN: Nein.

COHRS: Das wird ja immer scheener. Der is nich von mir?

FEUERSTEIN: Nein, der ist nicht von dir.

COHRS: Der is von mir!

FEUERSTEIN: Nein!

COHRS: Naja, gut … der Goethe hat 'n bissel mitgeholfen. Hat ä bissel zwischenrumgemärt.

FEUERSTEIN: Eberhard … Erlkönig … König, König. Könige sind heute überhaupt nicht mehr beliebt. Das kannst du nicht machen!

COHRS: Keeniche? Die sind nich beliebt? Haha.

FEUERSTEIN: Nein!

COHRS: Haha … bin froh, wenn ich beim Schkat een finde. … und was heeßt hier Keeniche … den kleenen Erlkeenich? Kann doch den Erlkeenich machen!

FEUERSTEIN: Nein!

COHRS: So ein Käse, Mensch! Ich kann doch nich sagen … der Erlgenossenschaftsbauer … so ein Mist!

FEUERSTEIN: Natürlich kannst du das nicht sagen!

COHRS: Ich möcht gern den Erlkeenich machen. Ich mach mal … horschemal erscht mal an!

FEUERSTEIN: Oh!

COHRS: Pass off! Der Erlkeenich. Bitte zurücktreten. Der Erlkeenich: Wer rollt so spät -

FEUERSTEIN: … Halt!

COHRS: Was'n nu widder?

FEUERSTEIN: Das heißt nicht, wer rollt, sondern wer reitet.

COHRS: … der rollt!

FEUERSTEIN: … der reitet!

COHRS: Wer sagt denn das?

FEUERSTEIN: Natürlich, ich kenne doch den Erlkönig. Wer reitet …

COHRS: Wer sagt denn das?

FEUERSTEIN: Der Goethe sagt das.

COHRS: Lass dich doch nich von dem Goethe beeinflussen! … Mei Erlkeenich rollt!

FEUERSTEIN: Der Erlkönig reitet!

COHRS: Das is ein Streithammel is das! Der rollt! Der kann ja gar nich reiten!

FEUERSTEIN: Der reitet! Brüll mich doch nicht so an!

COHRS: Ich brülle so, wie mirs passt! … Der kann ja gar nich reiten, meine Fresse! Ich kenn den doch! Dem sind ja vorige Woche erscht zwee Pferde gestorben. Außerdem, der hat doch ä Moped, da wär er dämlich, wenn er uff'm Gaul rumhäggern würde … Der rollt!

FEUERSTEIN: Nein, Eberhard, der reitet!

COHRS: Soll er reiten! Soll er reiten. Bitte! Soll er reiten!

FEUERSTEIN: Natürlich.

COHRS: Soll er reiten, der wird schon sehn, was da passiert! Lass ihn reiten … bitte, der gerittne Erlkeenich: Wer reitet zu spät …

FEUERSTEIN: …wer reitet »so« spät.

COHRS: … ja, lass mich doch erscht mal ausmäggern. Wer reitet so spät, so spät …

FEUERSTEIN: Ach, so ein Quatsch! Nur einmal »so spät«.

COHRS: Was? Die andre Zeit war er pünktlich? Bringst mich ja ganz durcheinander, Mänschnskinner! Jetzt fang ich wieder an mit dem Dinge. Der Erlkeenich: Wer reitet so spät durch Nacht und Wind, / das ist der Vater, / der kriecht ä Kind.

FEUERSTEIN: Das kannst du doch nicht machen!

COHRS: Du mit dem Dahin-und-her-Pferd …

FEUERSTEIN: Das ist doch unmöglich!

COHRS: Wennde immer dazwischen mäggerst, komm ich ganz durcheinander. Mänschnskinner, du kriegst aber ooch schon geklingelt …

FEUERSTEIN: … geklingelt! Da fällt mir was ein, Eberhard!

COHRS: Das is des erschte Mal, dass dir was einfällt.

FEUERSTEIN: Die Klingel. Stell dir vor, es klingelt.

COHRS: Was, ich höre nichts?

FEUERSTEIN: Ach, bei mir zu Hause natürlich.

COHRS: Was, des hörste hier?

FEUERSTEIN: Eberhard, heute Morgen bei mir zu Hause klingelts Sturm an der Wohnungstür. Ich öffne. Was denkst du, wer draußen steht?

COHRS: Der Erlkeenich!

FEUERSTEIN: Ach! … Deine Frau!

COHRS: Meine Frau?

FEUERSTEIN: Ja!

COHRS: Was hat die denn mit dem Erlkeenich zu tun?

FEUERSTEIN: Das weiß ich doch nicht!

COHRS: Was quatschtst du denn dahier dazwischen?

FEUERSTEIN: Nun, ich denke, dich interessiert das …

COHRS: Määänsch, ich interessier … ich bin hier beim Kunstwerk, und da mäggerste mit meener Frau dazwischen. Bist du aber ooch schon gelatscht von der? … Fang ich widder an mit dem Dinge. Mänsch, wir werden ja nie fertig, gleich die zweete Kataschstrophe: Er reitet im finstren Busche …

FEUERSTEIN: … das ist ja schon wieder Blödsinn! Er reitet im finstren Busche. … Das gehört überhaupt nicht in den Erlkönig!

COHRS: Das is ja die Stelle, die ich geschrieben hab. Mänsch, jetzt wirds ja erscht mal kriminell: Er reitet im finstren Busche, / der Gaul, der stolpert und fällt uff de Gusche.

FEUERSTEIN: Eberhard, das kannst du doch nicht machen … das ist doch völlig undichterisch …

COHRS: Passt dir das schon widder nich?

FEUERSTEIN: Nein.

COHRS: Fang ich wieder an … Mänschnskinner, das is aber heut een Tag: Wer reitet so spät …

FEUERSTEIN: … das haben wir jetzt schon zehnmal gehört.

COHRS: Mänsch, unterbrich mich doch nicht dauernd. Mänsch, wie lange soll der denn bei dem Mistwetter uff dem Gaul rumhäggern. Gleich den dritten Vers, dritte Kataschstrophe: Erreicht den Hof mit Müh und Not / und da hatta was … hä das … hm …

FEUERSTEIN: Ich denke, du kannst das …

COHRS: … ja, lass mal … ich hab een Hänger. Erreicht den Hof mit Müh und Not / und …

FEUERSTEIN: … auf Not reimt sich Tod.

COHRS: Wollt ich ja sagen. 's hat sich so nach vorne gemärt. … also, pass off: Erreicht den Hof mit Müh und Not / und siehe da / der Gaul war tot.

FEUERSTEIN: Was, der Gaul doch nicht, das Kind …

COHRS: … was, des Kind ooch?

FEUERSTEIN: Natürlich!

COHRS: Die sterben ja wie die Fliegen!

FEUERSTEIN: Eberhard, das heißt: Erreicht den Hof mit Mühe und Not / in seinen Armen das Kind war tot. … Das Kind war tot. Er ist sozusagen zu spät gekommen. Verstehst du das nicht?

COHRS: Ach, der is zu späte gekommen?

FEUERSTEIN: Ja natürlich!

COHRS: Da hast ja du schuld!

FEUERSTEIN: Wieso denn ich?
COHRS: Du hast ja das Kind umgebracht!
FEUERSTEIN: Wieso denn ich?
COHRS: Na freilich!
FEUERSTEIN: Was habe ich denn mit deinem blöden Gedicht zu tun?
COHRS: Na freilich! Du hast ja alles versaut!
FEUERSTEIN: Wieso denn?
COHRS: Äh, hättest'n doch mit'm Moped fahren lassen. Du bleeder Heini!

Sprechstunde

BÖLKE: Der Nächste bitte!
COHRS: Herr Doktor …
BÖLKE: Na, was haben Sie denn auf dem Herzen?
COHRS: Die Brieftasche!
BÖLKE: Ja … ich meine, was Ihnen fehlt?
COHRS: Eener, der was hineintut.
BÖLKE: Ach, so. Sagen Sie mal, Sie haben ja eine ganz geschwollene Nase?
COHRS: Deswegen komme ich ja! Das ganze Genicke is ja dicke.
BÖLKE: Was ist denn los?
COHRS: Immer wenn ich meinen Kopf so vorhaue und hau das Been so hoch und lass mich fallen und schmeiß mich hoch und hau mich rechts rüber, da zieht das hier!
BÖLKE: Hahaha.
COHRS: Aber wie! Aber wie das zieht.
BÖLKE: Warum machen Sie denn so verrückte Bewegungen?

COHRS: Muss ich ja! Wie soll ich denn sonst in meinen Trabant reinkommen?

BÖLKE: Kommen Sie mal her. Sie röcheln ja richtig. Machen Sie mal den Mund auf!

COHRS: Da röchelts.

BÖLKE: Ach, da ist eine kleine Angina im Anmarsch.

COHRS: Nee, das fehlt mir noch. Ich hab schon zwee Töchter.

BÖLKE: Wissen Sie, was Ihnen fehlt? Ihnen fehlt mal eine Luftveränderung. Meeresluft …

COHRS: Meeresluft, wer kann sich denn das leisten?

BÖLKE: Jeder!

COHRS: Ich werd mir'n Hering an' Ventilator hängen, da hab ich ooch een bissel Meeresluft!

BÖLKE: Ja, das ist eine gute Idee. Sagen Sie mal, was haben Sie denn hier für rote Flecke?

COHRS: Das is der Blutdruck, der is nich besonders.

BÖLKE: Besonders?

COHRS: Nee, immer wenn ich nen Handstand mache, looft mir die ganze Brühe in die Birne.

BÖLKE: Das ist an sich völlig logisch!

COHRS: Logisch? Wieso is denn das logisch?

BÖLKE: Wenn Sie sich auf den Kopf stellen, dann läuft Ihnen das Blut in den Kopf.

COHRS: Das is ja nich logisch. Dann müsst es mir jetzt ja in die Füße loofen? Hähä.

BÖLKE: Nein, das müsst es nicht.

COHRS: Hast ja keene Ahnung!

BÖLKE: Ihre Füße sind ja nicht hohl! Hahaha.

COHRS: *(zum Publikum)* An der Stelle hätt er nich lachen brauchen!

BÖLKE: Machen Sie mal den Mund auf!

COHRS: Ah.

BÖLKE: Sagen Sie mal Aa!
COHRS: Böö
BÖLKE: Warum denn Böö?
COHRS: Wer Aa sagt, muss ooch Böö sagen.
BÖLKE: 18, 19, 20 …
COHRS: Passe.
BÖLKE: Contra.
COHRS: Re.
BÖLKE: Ach, nicht doch. Nervös? Ganz schönes Leben hier im Puls.
COHRS: Ich hab een Boonekamp getrunken, der rammelt jetzt durch die Figur durch.
BÖLKE: Also, ich würde eher sagen, meiden Sie mal den Bohnenkaffee, mein Lieber, der regt Sie auf.
COHRS: Ne, wen regt denn die Brühe nich uff?
BÖLKE: Sind Sie eigentlich manchmal so … so deprimiert?
COHRS: Ob ich deprämiert bin? Ä Depp bin ich, aber prämiert hat mich noch keener. … Brauchen Sie gar nich durchgucken, ich hab hier Watte drinne.
BÖLKE: Knöpfen Sie mal auf! Ich will Sie abhorchen!
COHRS: Aushorchen!?
BÖLKE: Abhorchen!
COHRS: Hörn Sie mit dem Ding ooch ausländische Sender?
BÖLKE: Da horch ich genau, was in Ihrem Inneren vorgeht.
COHRS: Hörn Sie, was hier drinne los is?
BÖLKE: Genau!
COHRS: Sagen Sie bloß keen was weiter! Da is een Leben drinne, was?!
BÖLKE: Jaaa. Hahaha!
COHRS: Das is ein Radau, was?

BÖLKE: Jaja, jaja.

COHRS: Ich hab heute Erbsen gegessen. Da is was los! Da is Stimmung da drinne, was?

BÖLKE: Moment mal, Moment mal! Was klatscht denn hier so?

COHRS: Da klatscht was? Ach, des werden die Nieren sein!

BÖLKE: Wie kommen Sie denn darauf?

COHRS: Ich hab vorhin 'n Kognak getrunken ... die applaudieren jetzt noch. Das sind die Nieren!

BÖLKE: Trinken Sie?

COHRS: Haben Sie een da?

BÖLKE: Ich will wissen, ob Sie trinken?

COHRS: Ob ich überhaupt trinke?

BÖLKE: Ja, bitte.

COHRS: Nu, wenig, aber oft und dann eben viel.

BÖLKE: Ach?

COHRS: Ich trinke am Tag een Kognak, und das is weiß Gott nich die Masse, nich?

BÖLKE: Einen? So? Der Wolfgang hat erzählt etwa 15.

COHRS: Das is anders. Ich trinke een Kognak, und da werd ich 'n andrer Mänsch.

BÖLKE: So?

COHRS: Und der andre, der säuft und säuft so.

BÖLKE: Von wem haben Sie denn eigentlich die Trinkerei?

COHRS: Die Sauferei hab ich von meiner Mutter.

BÖLKE: Ah!

COHRS: War ne geborne Hering, und der brauch ooch immer 'n bissel Brühe!

BÖLKE: Sagen Sie mal ... was anderes. Hatten Sie eigentlich in diesem Jahr schon die Grippe?

COHRS: Nee. Die Grippe hatt ich noch nich. Die Grippe

nehm ich im Oktober, da wolln wir die Küche streichen.

BÖLKE: Aber ein bisschen verschnupft sind Sie trotzdem?

COHRS: Hängt wohl widder 'n Tropfen dran, was?

BÖLKE: Hahaha.

COHRS: Wissen Sie überhaupt, warum am Wasserhahn een Tropfen hängt?

BÖLKE: Nein.

COHRS: Am Wasserhahn hängt doch so'n Tropfen.

BÖLKE: Soll er hängen!

COHRS: Also, warum?

BÖLKE: Was weiß ich denn, warum …

COHRS: Der Wasserhahn kann doch nich so machen … *(zieht die Nase hoch)* … Na, der regt mich uff. Zu dem geh ich nie widder … Ah …

BÖLKE: Moment, Moment, das wird das Einzige sein. Aber das gibt sich wieder im Rücken. … Ja, ansonsten kann ich beim besten Willen nichts feststellen.

COHRS: Ach, Sie können überhaupt nichts feststellen?

BÖLKE: Nein.

COHRS: Nichts feststellen?

BÖLKE: Da wird ja bloß der Alkohol schuld sein.

COHRS: Na, da komm ich wieder, wenn Sie nüchtern sind!

BÖLKE: Also, nun werden Sie nicht noch pampig!

COHRS: Sagen Sie mal, haben Sie nich was, dass man een bissel in die Höhe geht? Möcht ooch mal 'n bissel wachsen!

BÖLKE: Gibt es nicht.

COHRS: Ich hab eene Frau, die is vier Köpfe größer … wir leben ja bloß vom Fernstudium! Man muss doch mal hier hochgehn …

BÖLKE: Sie können nicht gegen die Natur angehen!

COHRS: Keene Ahnung haben Sie!

BÖLKE: Ich muss es ja wissen, nicht?

COHRS: Mir haben sie ja gesagt, was Sie für ne Pfeife sind!

BÖLKE: Also, Sie fliegen gleich raus hier, ja!

COHRS: Da hat er mal eenen achtzehn Jahre uff Sonnenbrand behandelt. Dann hat er endlich gemerkt, 's is een Indianer!

Was Hübsches

COHRS: Heute müssen wir was besonders Hübsches machen. Ich hab gedacht, so bissel was Verwerschtes, ä bissel so was mit'n Pfiff oder so.

FEUERSTEIN: Ja, wie wäre es denn, wenn wir erst einmal mit ein paar Versen beginnen?

COHRS: Ä Gedicht zum Anfang?

FEUERSTEIN: Ja, gut.

COHRS: Ä Gedicht hat noch nie was versaut.

FEUERSTEIN: Gut, hast du eins?

COHRS: Ich hab immer eens. Hab mir ja heute früh im Bette, hab ich mir schnell noch eens zusammgehäggert, hab ich.

FEUERSTEIN: Ja, im Bett, da sollst du aber lieber schlafen und nicht dichten!

COHRS: Na, da machen andre noch ganz andre Sachen.

FEUERSTEIN: Na komm …

COHRS: Aber das gefällt mir selber, pass off!

Es gehn de Gerüchte,
dass Hülsenfrüchte in Mengen genomm'
nicht gut bekomm'.

Mir macht das gar nichts
ich finds sogar fein.
Ich wollt schon immer ä Blähboy sein.

FEUERSTEIN: Och nee, och nee …

COHRS: Naja, für'n Anfang … Das war nichts, nee?

FEUERSTEIN: Ich müsste dir ja beinah antworten, du bist ja dümmer, als es die Polizei erlaubt.

COHRS: Ich hab ne Sondergenehmigung … Oder wir machen ä Rätsel?

FEUERSTEIN: Nein!

COHRS: Rätsel is ja meine Spezialstrecke.

FEUERSTEIN: Ich will nicht.

COHRS: Mit meine Rätsel hab ich ja schon ganze Völkerstämme verrückt gemacht.

FEUERSTEIN: Ja, ich weiß …

COHRS: Kennste zum Beipsiel den Underschied zwischen een Minister und een Ehemann? Es is ä ganz eenfaches …

FEUERSTEIN: … zwischen einem Minister und einem Ehemann?

COHRS: … ein Minister und ein Ehemann!

FEUERSTEIN: Nie gehört!

COHRS: Weeßte nich?

FEUERSTEIN: Nein.

COHRS: Der Minister, der kennt sein' Stellvertreter … Na, is ooch nich das Richtige?

FEUERSTEIN: Nee, doch, das ist hübsch. Das ist sehr nett. Wo hast du denn das her?

COHRS: Hab ich im Fernsehn geheert, im zweeten Programm.

FEUERSTEIN: Wir haben doch nicht zwei Programme!

COHRS: Horschemal, wir habn zwee Programme.

FEUERSTEIN: Ach, wir haben doch nicht zwei Programme!

COHRS: Was hastn du für'n Kasten, sage mal? Mir ham doch zwee Programme!

FEUERSTEIN: Wie kommst du denn darauf?

COHRS: Eens, wasse drucken, des andre, wasse bringen … Oder wir machen mal 'n bissel Musike, Musike können wir ooch machen!

FEUERSTEIN: Musik, seit wann kannst du denn Musik machen?

COHRS: Ich hab doch een Autounfall gehabt. Bin mit'n Musiker zusammengedonnert!

FEUERSTEIN: Ach …

COHRS: Hamse Bluttransfuzion gemacht – jetzt kann ich Geige spielen … und der erzählt den ganzen Tag Witze.

FEUERSTEIN: Ja …

COHRS: … weilse die Brühe rüber und nüber geschwebbert haben!

FEUERSTEIN: Ja, ja, ja. Also, ich habe das Gefühl, du musst wohl mal ein bisschen ausspannen?

COHRS: Möcht ich ja mal …

FEUERSTEIN: Hast du eigentlich im letzten Jahr mal Urlaub gemacht?

COHRS: Ach, mit dem letzten Sommer, hör mir uff! Frostbeulen hab ich mir geholt.

FEUERSTEIN: Naja. Dann fahre doch mal ein Stückchen weiter. Heutzutage ist es doch große Mode, alle Welt fährt ans Meer …

COHRS: … war doch am Meer, eenmal und nie wieder!

FEUERSTEIN: Was? Ja, warum denn das?

COHRS: Die haben doch keene Hiegiene!

FEUERSTEIN: Sag bloß?

COHRS: Baun die neuen großen Hotels direkt ans Meer, und der ganze Gaggerragagg … alles zurück in die Brühe. Die ganzen Entwässerungsrohre – alles zurück

Kameraden ins Meer! Es kann da passieren, uff eenmal trifftste nen alten Bekannten wieder … Das is aber keene Hiegiene!

FEUERSTEIN: Ja, ist ja gut. Sag doch bloß nicht immer Hiegiene! Das heißt Hygiene!

COHRS: Ach, Hygiene soll ooch keene drinne gewesen sein.

FEUERSTEIN: Dann fährst du eben nicht ans Meer, fährst du an die See, ist ja viel höher.

COHRS: Das ist ja viel zu gefährlich!

FEUERSTEIN: Was ist denn da gefährlich?

COHRS: Warn doch an der See! Da is neben mir im Wasser ä Ausländer ersoffen.

FEUERSTEIN: Ach, woraus schließt du denn, dass es ein Ausländer war?

COHRS: Nuja, wir haben doch keen Wort verstanden. Ich hab bloß noch gehört: Glugg, glugg, glugg, glugg. Weg war er.

FEUERSTEIN: Konntest du dich denn nicht mit dem Mann verständigen?

COHRS: Mit die Brüder kann man sich ja nich verständigen …

FEUERSTEIN: Sag das nicht …

COHRS: Wir waren in Ungarn. Haben wir so'ne Schlossbesichtigung gemacht.

FEUERSTEIN: Ja …?

COHRS: War so'n ungarischer Rumführer, keen Wort haste verstanden. Ich wollte gerne mal die Folterkammer sehen. Sag: Wo is denn das Zimmer hier, wo sie die Leute abmurksen? Weeßte, wo der mich hingeschleppt hat? … Aufs Finanzamt!

Eberhard und die Autos

BÖLKE: Sag mal, mit deinem alten Trabant war doch auch mal was?

COHRS: Der is hinüber! Ach, der alte is ja vollkommen in Trümmern. Hunderttausend Stücke!

BÖLKE: Was ist denn da passiert?

COHRS: Nu, da hat mich ä Radfahrer übersehn. Weil sie rammeln wie die Verrückten!

BÖLKE: Aber nun gib mal nicht an … Der Trabant ist mir lieber als der 600er Lloyd.

COHRS: 600er Lloyd gibt's?

BÖLKE: Natürlich, was meinst du, was es alles gibt. Es gibt den 600er Lloyd, dann gibt es einen 1000er DKW, einen 3000er Mercedes.

COHRS: Nu ja, een 3000er Mercedes … das is ja … 3000er Mercedes? Das is ja ne Lappa-elle, horschemal. 3000er Mercedes: Das is ja überhaupt nischt, horschemal.

BÖLKE: Warum denn?

COHRS: Mein Bruder hat een 16 000er Wartburg, das is ja mehr … mindestens!

BÖLKE: Eberhard, der Volksmund würde jetzt sagen: Du bist ja dümmer, als es die Polizei erlaubt.

COHRS: Ich hab ne Sondergenehmigung.

BÖLKE: Du hast ja keine Ahnung, wie weit die Motorisierung inzwischen vorangeschritten ist.

COHRS: Nu, die latscht ja ganz schön drufflos.

BÖLKE: Das ist ja heutzutage schon so weit: In Europa ist jeder Sechste und in Deutschland bald jeder Fünfte motorisiert.

COHRS: Was? In Europa is jeder Sechste motorisiert? Un bei uns schon jeder Fünfte? Nu ja, haste wieder die Trockenrasierer und die Nähmaschinen dazugerechnet!

BÖLKE: Also bitte! Wir sind gerade bei den Kraftfahrern, Eberhard. Ich hab mal so'n paar kleine Testfragen für dich, ja?

COHRS: Vom Auto?

BÖLKE: Ja. Wir reden mal vom Auto.

COHRS: Nu ja, ich will emal sagen ... Wir können ooch mal über was andres sprechen.

BÖLKE: Nein, wir reden jetzt mal vom Auto.

COHRS: Vom Auto? Das passt mir eigentlich nich so richtig.

BÖLKE: Ganz leichte Fragen.

COHRS: Ach, ich weeß was andres! Vielleicht von der Fresserei, oder so ...

BÖLKE: Nein, wir reden vom Auto. Wir haben ja sicher Autofachleute hier, die Fernsehzuschauer sowieso ... Ein paar leichte Fragen: Angenommen, du fährst mit deinem Wagen.

COHRS: ... wir loofen!

BÖLKE: Nein, wir laufen nicht. Du fährst, du fährst, du fährst und plötzlich stellst du fest: Du hast ja den Zündschlüssel vergessen! Was nun?

COHRS: Was? Ich fahr mit'm Auto und habe gar keen Zündschlüssel? Und fahre trotzdem? Ohne Zündschlüssel ... und fahre und habe gar keen Zündschlüssel! Was ich da mache? Ja, ja ... und fahre trotzdem? Ohne Zündschlüssel? Nu, da halt ich an und guck nach, wie der Ochse aussieht, der die ganze Zeit geschoben hat. Ohne Zündschlüssel is das ja gar nich möglich.

BÖLKE: Eine andere Frage. Nehmen wir was anderes. Also pass auf: Du fährst mit deinem Wagen. Du fährst, fährst, fährst und plötzlich bockt dein Auto.

COHRS: Das Auto bockt?

BÖLKE: Ja.

COHRS: Altes Ferkel!

BÖLKE: Also, entschuldige: Das nennt man so! Zwei Kerzen setzen aus, oder was weiß ich …

COHRS: Zwee Kerzen setzen aus? Nu, da brennt keen Licht im Vergaser!

BÖLKE: Also bitte! Noch eine ganz leichte Frage: Du fährst auf der Straße und die Straße macht eine Kurve nach links. Und plötzlich steht vor dir eine Kuh. Dein erster Gedanke?

COHRS: Melken!

BÖLKE: Ach, melken … melken. Bremsen! Schleunigst bremsen! Dazu musst du wissen, wie lang … wie lang ist überhaupt dein Trabant?

COHRS: Nu, das is ja ne bleede Frage. Wenn ich een Trabant hab, da muss ich ja wissen, dass … dass er … die Länge, die er hätte, wenn er … aber, horschemal, das weeß ja jeder. Een Trabant is ja so, dass er … von hinten isser ja … bis vorne geht er! Man kann ja fast sagen: Der hat ja ne Länge, dass er … dass er… nu ja. Das hat er! Das hat er! Von hinten is der ja fast, dass man sagen könnte: Nu ja! Mir wär ooch lieber, er wär länger! Ich will mal sagen, das Längste am Trabant überhaupt … na das is die Lieferzeit!

BÖLKE: Du solltest froh sein, dass du einen Trabant hast. Sieh mal, hättest du so einen Westwagen, dafür kriegste ja gar keine Ersatzteile.

COHRS: Für Westwagen gibt's gar keene Ersatzteile? Da is ja mein Trabant ä Westwagen!

Herr Ober (1)

FEUERSTEIN: Herr Ober!

COHRS: Een Moment mal. *(Es klirrt.)* Mänschnskinner, jetzt is mir das ooch noch runtergeflogen.

FEUERSTEIN: Bedienen Sie hier?

COHRS: Ich war ja schon bedient, wo ich Sie gesehn hab.

FEUERSTEIN: Wie laufen Sie als Kellner rum!?

COHRS: Wie soll ich denn rumloofen?

FEUERSTEIN: Haben wir Fasching … heute mit'm Hut?

COHRS: Ich muss doch een Hut ham! Wie soll ich sonst die Brötchen warmhalten.

FEUERSTEIN: Ach und drei Fettflecke, haha …

COHRS: Fummelnse mir nich am Chemisette rum … Was heeßt hier drei Fettflecke? Hamse noch nüscht vonner stillen Reserve gehört?

FEUERSTEIN: Na, wie kommen Sie überhaupt in diese moderne Gaststätte?

COHRS: Durch die Türe!

FEUERSTEIN: Ah, man sagt ja immer, Gegensätze ziehen sich an.

COHRS: Stimmt. Da hamse recht. Gegensätze ziehn sich an. Bei uns hat ooch der Totengräber die Hebamme geheiratet.

FEUERSTEIN: Da heißt es immer, die Umgebung formt den Menschen …

COHRS: Ach, so ein Käse. Ich hab 'n Bekannten, der war dreißig Jahre bei der Wasserwirtschaft, der is an Alkoholvergiftung gestorben.

FEUERSTEIN: Na, nun räumen Sie erst mal auf hier. Sehen Sie mal die Flasche Haarwass … was macht denn eine Flasche Haarwasser auf dem Tisch? Was soll denn das?

COHRS: Das ist meine Spezialität. Wenn eener mal Fisch isst, steht druff: gut gegen Schuppen!

FEUERSTEIN: Ich esse aber keinen Fisch!

COHRS: Dann essen Sie eben was anders. Wie wärs mit ner scheenen Hühnersuppe?

FEUERSTEIN: Ach, ich habe neulich mal eine gegessen …

COHRS. Ah, wir ham ne scheene Hühnersuppe …

FEUERSTEIN: Nein, nein. Da war nicht ein Stück Huhn drin …

COHRS: Waas? Keen Huhn? Na und! Denkense vielleicht, wennse ne Königinnensuppe bestellen, dann kochn wir erscht eene Königin?

FEUERSTEIN: Dann bringen Sie mir eine Ochsenschwanzsuppe!

COHRS: Da ist ooch keen Schwanz drinne! Momentemal, ich hab hier eene Suppe. Probierense die mal … Na?

FEUERSTEIN: Die ist ja total versalzen!

COHRS: Was? Versalzen? Hier steht druff uff de Speisekarte: nach Art des Hauses.

FEUERSTEIN: Also, die Suppe esse ich nicht. Bringen Sie den Geschäftsführer!

COHRS: Der isst die Suppe ooch nich. Der macht sich nichts aus Suppe.

FEUERSTEIN: Das Beschwerdebuch!

COHRS: Das ist voll.

FEUERSTEIN: Den Chef!

COHRS: Der ist ooch voll.

FEUERSTEIN: Ja, haben Sie denn was an Geflügel da?

COHRS: Da kann ich Ihnen was geben. Unser Koch is ja Spezialist, der züchtet Brieftauben.

FEUERSTEIN: Brieftauben züchten? Kann man davon leben?

COHRS: Prima! Früh verkooft er se. Abends sindse wieder

da. Der hat sogar mal een Papagei mit ner Brieftaube gekreuzt.

FEUERSTEIN: Einen Papagei und eine Brieftaube? Warum denn das?

COHRS: Nu, wennse mal nich mehr weiter weeß, kannse nach'n Weg fragen.

FEUERSTEIN: So?

COHRS: Der hat da mal Ärger gehabt. Vor vier Wochen ruft der mich an aus Leipzig. Ich schicke hier eene Brieftaube los. Inner Viertelstunde isse in Dräsden.

FEUERSTEIN: Na, war sie pünktlich?

COHRS: Nächsten Tag kamse an.

FEUERSTEIN: Zu Fuß gelaufen?

COHRS: Äh, mit der Eisenbahn isse gefahren.

FEUERSTEIN: Was Sie mir hier erzählen, das ist ja rätselhaft …

COHRS: Ach, Rätsel. Da kenn ich ooch eens. Passense off. Das muss ich Ihnen noch unterbreiten.

FEUERSTEIN: Nein, ich will was zu essen haben und kein Rätsel!

COHRS: Ja, aber erscht muss ich das Ding loswerden.

FEUERSTEIN: Nein.

COHRS: Ich muss ja ooch mein Zeuch loswerden.

FEUERSTEIN: Na ja …

COHRS: Also, passense off. Wann fliegt die Schwalbe nach Süden? Na, wann fliegt denn die Schwalbe nach Süden?

FEUERSTEIN: Im Herbst.

COHRS: Käse. Wenn der Schwanz nach Norden zeigt!

FEUERSTEIN: Also, bringen Sie mir was vom Geflügel, aber nicht bloß Haut und Knochen.

COHRS: Na, sollen wir vielleicht die Federn ooch noch mitbraten? … Ich hab hier was Gebratenes: Bratwurscht mit Sauerkraut. Is das ne Portschion, Bratwurscht mit Sauerkraut …

FEUERSTEIN: Was ist denn das hier?

COHRS: Was soll denn das sein?

FEUERSTEIN: Ist ja ein Wurm hier!

COHRS: Was, in meinem Sauerkraut is ä Wurm?

FEUERSTEIN: Natürlich!

COHRS: Ä Wurm?

FEUERSTEIN: Ja!

COHRS: Wo denn?

FEUERSTEIN: Hier!

COHRS: Das is doch keen Wurm. Das is ne Bratwurscht!

FEUERSTEIN: Nun, mir reichts jetzt. Haben Sie ein bisschen was an Musik hier, Unterhaltung?

COHRS: Nö, die Musiker machen jetzt grade Pause.

FEUERSTEIN: Ja …

COHRS: Sie kennen ja Musiker. Kennen Sie den Unterschied zwischen een Musiker und een Stück Holz?

FEUERSTEIN: Nee.

COHRS: Holz arbeitet!

FEUERSTEIN: Hahaha.

COHRS: Aber ich kann Ihnen een Ventilator anstellen. Aber da meckern die andern widder.

FEUERSTEIN: Dann ziehts zu sehr?

COHRS: Nee, da flattern immer die Schnitzel uff'n Teller.

FEUERSTEIN: Oh! Die sind klein. Ihre Schnitzel, die sind aber klein geworden.

COHRS: Waas!

FEUERSTEIN: Die waren früher viel größer.

COHRS: Die waren immer schon so.

FEUERSTEIN: Nein, nein!

COHRS: Das täuscht! Die Gaststube haben wir vergrößern lassen.

FEUERSTEIN: Aja. Sagen Sie, warum sind denn bei Ihnen drei Spiegeleier teurer als drei Rühreier?

COHRS: Ist doch logisch! Spiegeleier kann man ja nachzählen, nich wahr? Ach, ich hätte da was. Eene scheene Zunge bring ich Ihnen.

FEUERSTEIN: Ist sie frisch?

COHRS: Unsere Zunge ist immer frisch. Die ist sooo frisch, mit der könnse sich ja noch unterhalten.

FEUERSTEIN: Mir reichts jetzt! Bringen Sie mir endlich was zu essen!

COHRS: Jetzt regense sich nich so uff! Nehmense erscht mal een Kognak zur Beruhigung.

FEUERSTEIN: Nein, ich trinke keinen Kognak.

COHRS: Warum denn nich?

FEUERSTEIN: Ich bin ein großer Gegner des Alkohols.

COHRS: Sind wir ja alle, deswegen wird er ja vernichtet.

FEUERSTEIN: Außerdem macht Alkohol dick.

COHRS: So?

FEUERSTEIN: Das wissen Sie noch gar nicht?

COHRS: Alkohol macht dicke?

FEUERSTEIN: Ein Kognak hat so viel Kalorien wie hundert Gramm Fleisch.

COHRS: So? Da hatte ich ja gestern ne Fleischvergiftung.

FEUERSTEIN: Sie müssen ja auch nicht Alkohol trinken!

COHRS: Na ja, man muss nich, aber ab und zu nibbel ich mal een, weil ich mich geärgert hab gestern mal wieder.

FEUERSTEIN: Warum?

COHRS: Du kommst in der Stadt an mit'n Fahrrad, nu, da tunse dauernd die Straßennamen umnennen. Find sich ja keener mehr zurechte.

FEUERSTEIN: Das ist überall so.

COHRS: Waas! Überall werden uff eenmal die Straßennamen umbenannt?

FEUERSTEIN: Na, immer nach bekannten und berühmten Persönlichkeiten

COHRS: Das macht man?

FEUERSTEIN: Ja …

COHRS: Wer kennt denn die Brüder?

FEUERSTEIN: Bitte?

COHRS: Oder kennst du vielleicht Herrn Umleitung oder Herrn Einbahn?

FEUERSTEIN: Ach!

COHRS: Oder kennst du vielleicht Herrn Sack?

FEUERSTEIN: Was denn für einen Sack?

COHRS: Der von der Sackgasse!

FEUERSTEIN: Was Sie hier wieder … Ihr Bier schmeckt aber nicht!

COHRS: Was isn mit dem Bier widder?

FEUERSTEIN: Vor einem halben Jahr habe ich bei Ihnen ein Bier getrunken. Das war große Klasse. Heute … pah!

COHRS: Waas? Das is ja dasselbe Fass noch.

FEUERSTEIN: Dasselbe Fass noch? Hahaha. … ich sitze jetzt hier eine Stunde. Bringen Sie mir endlich was zu essen. Eine geschlagene Stunde …

COHRS: … eene Stunde sitzense schon hier? Da haben wir uns aber verplaudert. Eene Stunde? Da kannste mal sehn, wie sich die Zeit vermärt.

FEUERSTEIN: Wie spät haben wir es denn überhaupt?

COHRS: Ich weeß ooch nich. Genau weeß ichs nich.

FEUERSTEIN: Sie müssen doch eine Uhr haben?

COHRS: Ich hab keene. Ich müsste eene … ?

FEUERSTEIN: Als Kellner müssen Sie eine Uhr haben!

COHRS: Ich muss eene haben?

FEUERSTEIN: Natürlich!

COHRS: Is schon wieder eine neue Verfügung raus?

FEUERSTEIN: Eine Selbstverständlichkeit.

COHRS: Ich hatte eene. Da kommt so'n dämlicher Zauberkünstler …

FEUERSTEIN: Erzählen Sie keine Märchen.

COHRS: Lassense sich das doch mal erläutern, nu … Da kommt der und sagt: Komm her, meen Kleener. Ich werd dir mal zeigen, wie gezaubert wird. Ich dummes Luder latsch mit und geb dem uff der Brücke noch meene Uhr. Nimmt meene Armbanduhr, hautse in die Brühe.

FEUERSTEIN: Ins Wasser … die Uhr?

COHRS: Jaaa! Ich war ja dabei.

FEUERSTEIN: War sie weg?

COHRS: Weg war se. Und dann geht der mit mir in' Bäckerladen und sagt: Gebense mal zwee Pfannkuchen. Das hältste nich für meeglich: Nimmt der een Pfannkuchen, bricht den auseinander. Was denkste, was da drinne war?

FEUERSTEIN: Die Uhr?

COHRS: Nee, Marmelade! Seitdem hab ich keene Uhr mehr.

FEUERSTEIN: Na, wie spät haben wir es jetzt?

COHRS: Da oben is ja ne Uhr.

FEUERSTEIN: Ach, sieben Uhr.

COHRS: Was, um sieme?

FEUERSTEIN: Sie müssen weg?

COHRS: Weg! Da muss ich ja längst zum Abendkursus sein, um sieme. Muss ja leider … so'n bleeder Pinsel … Uff Wiedersehen, Herr Gast!

FEUERSTEIN: Wiedersehen? Das hätte mir gerade noch gefehlt!

Der Abendkursus

FEUERSTEIN: Guten Abend, meine lieben Teilnehmer des Abendkurses. Ist jemand neu zu uns gekommen?

COHRS: Ich …

FEUERSTEIN: Ach, der Kellner aus der Gaststätte. Na, Sie haben mir echt noch gefehlt. Ihren Namen weiß ich. Das stand ja auf dem Tisch: Es bedient Kollege Osterkamp.

COHRS: Also, eigentlich heiß ich anders.

HORST FEUERSTEIN: Wie anders …?

COHRS: Eben anders!

FEUERSTEIN: Wie hieß denn Ihr Vater?

COHRS: Na, des war der Pfützner Karl.

FEUERSTEIN: Ah, da heißen Sie also Pfützner?

COHRS: Nee, ich heiße nicht Pfützner. Ich heiße anders! Na, das war mei Stiefvater.

FEUERSTEIN: Ach, wie hieß denn Ihr Vater?

COHRS: No, der hieß Riemenschneider.

FEUERSTEIN: So heißen Sie also Riemenschneider?!

COHRS: Nee, ich heiße nich Riemenschneider! Ich heiße anders! Meine Mutter hat mich doch in die Ehe mit 'neingemärt. No, mir hatten nen großen Garten … vielleicht war'n Loch im Zaun?

FEUERSTEIN: Na, dann haben Sie den Namen von Ihrer Mutter. Wie hieß Ihre Mutter?

COHRS: Die hieß Sommerlatte.

FEUERSTEIN: Ah, heißen Sie also Sommerlatte?

COHRS: Nein, ich heiße nich Sommerlatte! Ich heiße anders! Weil meine Mutter hat mir doch den Namen von meinem Vater gegeben.

FEUERSTEIN: Wie hieß denn nun Ihr Vater?!

COHRS: Na, der hat een bissel nen dämlichen Namen gehabt. Der hieß Pfefferkorn.

FEUERSTEIN: So, Pfefferkorn. Da sind Sie ja ein ganz Scharfer.

COHRS: Ich? Das war ja mei Vater …

FEUERSTEIN: Also heißen Sie Pfefferkorn?

COHRS: Nein, ich heiße nich Pfefferkorn! Wir hatten doch een Prozess gehabt. Da hats sich rausgestellt: Der wars ja gar nich.

FEUERSTEIN: Also machen Sie mich bitte nicht verdreht. Sie heißen nicht Riemenkorn, nicht Pfefferstein … wie heißen Sie überhaupt? … Nicht Sommerlatte …

COHRS: Ich sag doch die ganze Zeit, ich heiße anders!

FEUERSTEIN: Na, wie denn anders?

COHRS: Ich heiß anders! Frisst denn du das nich?

HORST FEUERSTEIN: Anders. Ach, Sie heißen Anders?

COHRS: Anders!

HORST FEUERSTEIN: So, Sie heißen Anders. Warum nennen Sie sich dann Osterkamp?

COHRS: Na, so hieß ja mei richtiger Vater.

FEUERSTEIN: Ach, wissen Sie, Sie machen mich ja verrückt. Sie benehmen sich wirklich wie der erste Mensch.

COHRS: Der erschte Mänsch? War der ooch Lehrer?

FEUERSTEIN: Nein, das war der Adam …

COHRS: Der Adam. Der Fußballtrainer!

FEUERSTEIN: Fußball …

COHRS: Der gesagt hat: Noah, geh in die Kiste und ich stürme!

FEUERSTEIN: Also, mit wem soll denn Adam Fußball gespielt haben? Der war ja ganz alleine auf der Welt.

COHRS: Ganz alleene?

FEUERSTEIN: Ganz alleine!

COHRS: Äh, wer hat denn da die Gewerkschaftsbeiträge kassiert?

FEUERSTEIN: Adam war doch nicht in der Gewerkschaft!

COHRS: Der war nich in der Gewerkschaft? Nu, da wird er wohl Huddelei mit der Partei gehabt haben.

FEUERSTEIN: Damals gab es noch keine Parteien und keine Politik und keine Steuern und keine Zeitungen. Das waren doch noch Wilde.

COHRS: Das waren Wilde?

FEUERSTEIN: Natürlich …

COHRS: Was denn, keene Steuern und keene Zeitungen? Warum waren die da so wilde?

FEUERSTEIN: Das war in der Urzeit!

COHRS: No, jetzt wirds um achte sein.

HORST FEUERSTEIN: Ich meine früher!

COHRS: Wirds um sieme gewesen sein.

FEUERSTEIN: Jetzt ist Schluss! Sie stören den ganzen Unterricht … Wir kommen heute zum Mittelalter: Jedes Jahrhundert hat seine besondere Bedeutung in der Entwicklung der Menschheit.

COHRS: Ja, das stimmt! Im 16. Jahrhundert wurden die Kartoffeln in Europa eingeführt.

FEUERSTEIN: Ja, das stimmt sogar wirklich.

COHRS: Ja, das weeß ich ganz genau.

HORST FEUERSTEIN: Das wissen Sie?

COHRS: Ganz genau! Von der Sendung muss ich welche gekriegt haben …

HORST FEUERSTEIN: Na, wissen Sie auch, wann der Dreißigjährige Krieg war?

COHRS: Nu, der Dreißischjährsche Krieg, ich weeß alles … Der war hier … Na, der war … War der nich an eem Donnerschtag?

FEUERSTEIN: Na, wie kann denn der Dreißigjährige Krieg an einem Donnerstag gewesen sein?

COHRS: Warum nich? Meine Schwester hat ihren vierzigjährigen Geburtstag ooch an 'nem Mittwoch gefeiert …

FEUERSTEIN: Ich habe gerade heute was sehr Interessantes in der Zeitung gelesen.

COHRS: Was Interessantes? Was haste denn da für ne Zeitung gehabt?

FEUERSTEIN: Etwas Interessantes in der Zeitung über die großen Bauernkriege. Kennt jemand einen der bekanntesten Bauernführer?

COHRS: Ja, den weeß ich, das is hier der … Botwinnik hat der geheeßen.

FEUERSTEIN: Wer ist das?

COHRS: Botwinnik!

FEUERSTEIN: Wie kommen Sie denn auf Botwinnik?

COHRS: Hab ich mal gelesen. Botwinnik kämpfte zum Schluss nur noch mit vier Bauern.

FEUERSTEIN: Ach, der Botwinnik ist Schachweltmeister!

COHRS: Das war er außerdem noch.

FEUERSTEIN: Nein, der bekannteste Bauernführer hieß Florian …

COHRS: Oertel!

FEUERSTEIN: Nein. Florian Geier!

COHRS: Geier! Von dem seiner Frau hab ich früher mal een Film gesehn.

FEUERSTEIN: Was?

COHRS: Von der Geierwally.

FEUERSTEIN: Sagen Sie, haben Sie nur Blödsinn im Kopf?

COHRS: Davon leb ich ja.

FEUERSTEIN: Was haben Sie eigentlich früher gemacht?

COHRS: Konditor war ich. Wir haben ja eenen Teek gemacht! Nur Teek.

FEUERSTEIN: Was ist denn Teek?

COHRS: Nu, eigentlich heißts Teig. Wir haben solche großen Pfannkuchen gebacken, und dann haben wir die Marmelade mit'n Gewehr inne Pfannkuchen hineingeschossen.

FEUERSTEIN: Ach so. Haben Sie mal getroffen?

COHRS: Nee. Ich hab immer gemeldet: Marmelade links hoch abgekommen.

FEUERSTEIN: Und was wollen Sie später werden?

COHRS: Nu, Kaufmann!

FEUERSTEIN: Haha! Kaufmann!

COHRS: Da bin ich ja Spezialist.

FEUERSTEIN: Können Sie rechnen?

COHRS: Ja. Ich koofe alte Kisten für drei Mark. Verkoofse für sechs Mark. Hab ich drei Prozent.

FEUERSTEIN: Also, ich frage mich ernsthaft, was wollen Sie bloß bei uns in dem Kursus hier?

COHRS: Nuja, wegen der Fremdsprachen bin ich eigentlich da. Weil bei uns internationale Gäste verkehren. Gestern war zum Beispiel der türksche Gesandte da.

FEUERSTEIN: Wer war da?

COHRS: Der türksche Gesandte!

FEUERSTEIN: Der türkische Gesandte?

COHRS: Nu, kennst du nich?

FEUERSTEIN: Nie gehört.

COHRS: Du kennst den türkschen Gesandten nich?

FEUERSTEIN: Kenn ich nicht!

COHRS: Alimente?

FEUERSTEIN: Ach, Alimente. Wenn Sie Fremdsprachen lernen wollen, müssen Sie nach nebenan gehen. Dort können Sie alles lernen: Russisch, Tawarisch …

COHRS: Da warst du?

FEUERSTEIN: Tawarisch!

COHRS: Du warst dorte?

FEUERSTEIN: Wo denn?

COHRS: Sagste doch, du warst dorte.

FEUERSTEIN: Ach.

COHRS: Du warst nich dorte? Was erzählste denn da für'n Zimt. Du kannst doch nich sagen, »da war ich«, wenn du gar nich dort warst.

FEUERSTEIN: Ach, Ihnen etwas zu erzählen, das ist ja unmenschlich. Was wollen Sie mit Fremdsprachen? Wozu denn?

COHRS: Muss ich haben, wenn ich mal im Ausland arbeite. Ich war ja schon im Ausland. Hier in Varna oder Masan, der großen Brühe.

FEUERSTEIN: Sie waren am Schwarzen Meer? In Varna waren Sie?

COHRS: Ja, hier an dem großen Tümpel war ich.

FEUERSTEIN: Waren Sie im Sommer unten?

COHRS: Ja, ja, da wars sehr trocken.

FEUERSTEIN: Da ist es heiß.

COHRS: Ja, da wars sehr trocken. Oooooooh. Da ist es so trocken. Da laufen ja die Bäume den Hunden nach.

FEUERSTEIN: Haha, da baden ja viele im Wasser.

COHRS: Ich war nur baden. Aber ich hatte Huddelei mit'm Bademeester. Der hat immer gesagt, ich tät die Badehose verkehrt tragen.

FEUERSTEIN: Wie kann man eine Badehose verkehrt tragen?

COHRS: Ich hattse in der Hand.

FEUERSTEIN: Tss...!

COHRS: Ich hab gedacht, das ist doch so, weil die Frauen, die liegen ja alle, die warn ja ...

FEUERSTEIN: Was waren die?

COHRS: Nackisch waren die.

FEUERSTEIN: Na, das gibt es an der Ostsee auch.

COHRS: Überhaupt nich. Das konnt ich natürlich nich sehn.

FEUERSTEIN: Naja, so schlimm …

COHRS: Das konnt ich nich sehn. Ich bin ä bissel schenant. Ich konnt es nich sehn!

FEUERSTEIN: Ich find da nichts dabei.

COHRS: Ich konnts aber nich sehn.

FEUERSTEIN: Naja, naja. Warum denn nicht?

COHRS: Ich hatte meine Brille vergessn.

FEUERSTEIN: Ach, was Sie mir hier für einen Quark erzählen! Wissen Sie …

COHRS: Ach, da wollt ich Sie schon immer mal fragen …

FEUERSTEIN: Nein.

COHRS: Wer macht denn eigentlich den Quark? Den muss doch eener zusammenmärn?

FEUERSTEIN: Die Kuh.

COHRS: Die Kuh macht den Quark? Die hat doch gar keen Been frei? Macht die das mit dem Schwanze?

FEUERSTEIN: Ja, nicht direkt, weil … So kann man das nicht sagen. Die Kuh wird gemolken, und die Milch kommt in eine große Zentrifuge.

COHRS: Wie kommt denn die Kuh uff die Zentrifuge?

FEUERSTEIN: Die Kuh doch nicht!

COHRS: Ach, die haut das Euter drüber?

FEUERSTEIN: Die Kuh wird doch unten gemolken!

COHRS: Das weeß ich, das brauchen Sie mir nich vorgimmeln, dass die Kuh unten gemolken wird. Die hat ja das Euter nich zwischen die Hörner.

FEUERSTEIN: Na, gehen Sie mal aufs Land. Da werden die Kühe schon elektrisch gemolken.

COHRS: Ähäh, häh. Elektrisch?

FEUERSTEIN: Natürlich. Da werden die Kühe elektrisch gemolken.

COHRS: Die Kuh … hähä.

FEUERSTEIN: Die Kuh wird elektrisch gemolken!

COHRS: Wo hat denn die Kuh die Steckdose?

FEUERSTEIN: Aber jetzt ist Schluss! Raus! *(Tür fliegt zu.)* Au! Sie Flegel. Sie hauen mir ja die Tür vor'n Kopp.

COHRS: Ach, darum klang es so hohl …

Mänschnskinner

(Auto bremst scharf, Tür schlägt zu, Schritte)

COHRS: Mänschnskinner, pass doch off, du bleeder Heini!

FEUERSTEIN: Na, erlauben Sie mal!

COHRS: Hach, der Feuerstein! Das is ja klar, das musst du Blaatscher sein, der mei Auto umschmeißt.

FEUERSTEIN: Herr Cohrs, wie fahren Sie denn hier nachts durch die Straßen. Ohne Licht!

COHRS: Was heeßt hier ohne Licht. Ich fahr immer ohne Licht!

FEUERSTEIN: Wo gibts denn so was!

COHRS: Haste noch nichts von den Spitzenbelastungszeiten gehört?

FEUERSTEIN: Sie als Kraftfahrer, haben Sie denn jemals eine Fahrprüfung gemacht?

COHRS: Was, ich hab keene Prüfung? Zweemal hab ich sie gemacht, zweemal!

FEUERSTEIN: Und bestanden?

COHRS: Naa, bestanden hab ich sie nich. Aber von den Durchgeflogenen war ich der Beste.

FEUERSTEIN: Der letzte Kraftfahrer sind Sie!

COHRS: Was, du kannst mich ja mal prüfen. Bitte prüfe mich! Alles weeß ich!

FEUERSTEIN: Ich habe zufällig das Lehrbuch für Kraftfahrer mit. Moment … Moment mal …

COHRS: Das haste zufällig mit?

FEUERSTEIN: Ganz zufällig!

COHRS: Ausgerechnet heute?

FEUERSTEIN: Ja.

COHRS: Hast ja sonst nischt mit, wenn man mal was braucht.

FEUERSTEIN: Erklären Sie mir einen ganz einfachen technischen Vorgang.

COHRS: Was, ä technischen Vorgang? Das is ja ä Lappaello, horschemal. Nu, technischer Vorgang, das is, zum Beispiel wenn du Geld innen Automaten schmeißt und es kommt nichts raus. Das ist ein technischer …

FEUERSTEIN: Nein, nein. Ich meine, was passiert …

COHRS: Das passiern ja Dinger, die sind überhaupt nich passiert …

FEUERSTEIN: Lassen Sie mich einmal ausreden.

COHRS: Hab ja bis jetzt noch keen Ton gesagt.

FEUERSTEIN: Was passiert, wenn Sie bei Ihrem Auto die Kupplung treten?

COHRS: Was, wenn ich bei meinem Auto uff de Kupplung latsche, was dann passiert?

FEUERSTEIN: Ja.

COHRS: Was soll denn da passiern. Mänschnskinner, da geht der Kofferraum uff.

FEUERSTEIN: Kofferraum?

COHRS: Jaa.

FEUERSTEIN: Was ist denn das für ein Auto?

COHRS: No, is bissel alt, das is ja von früher. Das is ja von der Zeit, da ging Adolf noch inne Hitlerjugend.

FEUERSTEIN: So eine alte Kiste?

COHRS: Jaa, mit'm alten Dinge. Wenn ich zu Hause wegfahre, da fahren mir immer zwee Schrotthändler hinterher. Musste dir so vorstellen so: Uff hundert Gramm Blech kommen fünf Pfund Rost.

FEUERSTEIN: Und was für eine Farbe soll das sein, hier?

COHRS: Nu, ich weeß nich. Hab ihn ja noch nich gewaschn nich.

FEUERSTEIN: Was für eine Marke?

COHRS: Oh, das is ne Marke. Das is ja een Selbstgestrickter.

FEUERSTEIN: Eigenbau?

COHRS: Nu, den hab ich mir so'n bissel zusammengemärt.

FEUERSTEIN: Hat er einen Motor?

COHRS: Na freilich hat er een Motor! Der muss ja een Motor haben, denkste vielleicht, ich warte uff Rückenwind?

FEUERSTEIN: Nein, ich meine, was für einen Hubraum?

COHRS: Na, der hat ja eenen Hubraum, das is ja schon mehr wie ä Hubraum. Da gehen ja mindestens sieben Koffer rein.

FEUERSTEIN: Und wie viel Personen?

COHRS: No, so, das letzte Mal waren wir siebzehn ... No, vorne hingen zwee an der Lampe und hinten haben een paar gebaumelt, und dann war da eener uff'm Dache und ...

FEUERSTEIN: ... was, und so fahren Sie durch die Gegend?

COHRS: No, eener klemmt noch an der Seite ... und uff eenmal kam een Polizist und sagt: Anhalten!

FEUERSTEIN: Und haben Sie angehalten?

COHRS: Bin doch nich dämlich! Hab nich angehalten ...

FEUERSTEIN: Sie müssen doch anhalten!

COHRS: Hab nich angehalten!

FEUERSTEIN: Sie müssen anhalten!

COHRS: Hab aber nich angehalten!

FEUERSTEIN: Warum denn nicht?

COHRS: Kann doch den nich ooch noch mitnehmen!

FEUERSTEIN: Und wie viel Zylinder hat Ihr Auto?

COHRS: No … der hat … hat … Zylinder? Hat er überhaupt keene.

FEUERSTEIN: Jedes Auto hat einen Zylinder!

COHRS: Mänschnskinner, das is ’n Streithammel heute. Der hat überhaupt keene …

FEUERSTEIN: … er hat Zylinder!

COHRS: Das is doch keen Leichenwachen … Mänschnskinner … Eine alte Sportmütze lag drinne …

FEUERSTEIN: Keine Ahnung vom Zylinder haben Sie.

COHRS: Was? Ich kenne keen Zylinder? Ich hab ja een zu Hause, een Zylinder, da haben wir ja die Zwiebeln drinne.

FEUERSTEIN: … Im Zylinder? Haha. … Was verbraucht der Wagen?

COHRS: Nu, der verbraucht so … ja das braucht er so. Ah, das vermärt er so.

FEUERSTEIN: Ich meine, wie viel Liter?

COHRS: Nu, so acht Liter, die muss er haben.

FEUERSTEIN: Ja, das ist normal, acht Liter Benzin.

COHRS: Nee, Öl.

FEUERSTEIN: Öl?

COHRS: Na, wir haben ja gar keen Benzin mehr.

FEUERSTEIN: Wieso?

COHRS: Unser Benzin hat doch die Katze gesoffen. Wir haben ja so eene kleene Katze. Gestern komm ich inne Garage, wir hatten ja een Zwanzigliter-Kanister, hat die mir den in einer Nacht ausgeschmeddert, die kleene Katze. Und is die Dachrinne hoch, runter, hoch, runter, hoch, runter – und dann isse umgekippt.

FEUERSTEIN: War sie tot?

COHRS: Nee, das Benzin war alle!

FEUERSTEIN: Ach, erzählen Sie mal keine Kalauer, Herr Cohrs. Äh, sagen Sie mal, wie schnell fährt eigentlich Ihr Wagen?

COHRS: Nu, der is so ganz scheen …

FEUERSTEIN: … 25 …

COHRS: Was 25? Das macht der ja, wenn er steht, macht er das. Na, das is ja ä verkappter Rennwagen.

FEUERSTEIN: Das Ding hier?

COHRS: Ja, ich bin ja mit dem Dinge schon Rennen gefahren.

FEUERSTEIN: Oh!

COHRS: Da stand ich am Start. Und da kam eener mit ner Pistole und Bumm, der Schuss ging los, und dann abgesaust …

FEUERSTEIN: Na, und?

COHRS: No, und da hat der Meester gesagt: Mänsch, ob die die Kugel noch kriegen werden?

FEUERSTEIN: Haben Sie einen Rückspiegel bei Ihrem Auto?

COHRS: Ja, das is ja Vorschrift, Mänsch!

FEUERSTEIN: Ja, und erklären Sie warum?

COHRS: Ja, das is ganz eenfach. No, musst ja nachgucken können, ob die überhaupt noch drinne sitzen in der Karre.

FEUERSTEIN: Und Ihre Heizung?

COHRS: Ja, Heizung haben wir keene, no, weil, wenn ich losfahre, verlier ich sowieso die Bodenbretter, also …

FEUERSTEIN: Da haben Sie immer kalte Füße?

COHRS: Äh, die werden doch warm durchs Loofen.

FEUERSTEIN: Ach, mit so einer alten Karre sollte man gar nicht durch die Gegend fahren!

COHRS: Neja, bissel alt is er ja. Ich bin ooch immer ä bissel vergrämt, wenn een Polizist kommt und sagt: Hamse den Unfall schon gemeldet? … Ach, einmal haben wir ein Ding erlebt

FEUERSTEIN: Unfall?

COHRS: Mit meiner Frau! Ich sause den Berg 'nunter, uff eenmal geht die Bremse nich.

FEUERSTEIN: Was?

COHRS: Meine Frau sagt ooch noch, Mänschnskinner, fahr bloß gegen was Billiges. Und da wars schon passiert. Vor uns so'ne Dicke, hab erscht gedacht, es sind dreie. Eene wars, eene! Bruch, und da lag die schon unter der kleenen Karre. Sag ich: Entschuldigense bitte!, sagt sie: Haun Sie ab, sonst steh ich uff!

FEUERSTEIN: Sie sollten Ihre Frau mal fahren lassen.

COHRS: Hab ich ja. Eenmal und nie wieder! Die is ja gleich gegen ne Laterne gedonnert.

FEUERSTEIN: So?

COHRS: Wir warn ja gleich ohnmächtig. Uns habense ja gleich ins nächste Haus geschleppt. War ein großes Museum, stand een Gerippe in der Ecke. Meine Frau is zuerscht uffgewacht, sieht das Gerippe und sagt: Gott sei Dank! Endlich mal 'n Laden, wos Ersatzteile gibt.

FEUERSTEIN: Ist Ihr Wagen überhaupt polizeilich gemeldet?

COHRS: Na freilich is der! Ich hab ja drei Nummernschilder.

FEUERSTEIN: Wie viel?

COHRS: Dreie! Vorne hab ich eens, hinten hab ich eens, und eens hab ich unten drunter.

FEUERSTEIN: Ach, wir wollten Sie ja prüfen! … Warum unten drunter?

COHRS: Na, na, das muss ja sein, damit er gleich sieht, von wem er überfahren worden is.

FEUERSTEIN: Na, mal sehen … ich werde einige Fragen an

Sie stellen, hier …

COHRS: Muss das sein?

FEUERSTEIN: Ja. Nehmen wir die Frage 34.

COHRS: Was, 34 Fragen?

FEUERSTEIN: Was wissen Sie vom Kuppeln?

COHRS: Was, vom Kuppeln? Das steht hier drinne?

FEUERSTEIN: Ja.

COHRS: Vom Kuppeln? Meine Fresse, da gibts ja fünf Jahre druff!

FEUERSTEIN: Ach, im Auto!

COHRS: Achja, da gibt es weniger.

FEUERSTEIN: Und was wissen Sie vom ersten Gang?

COHRS: Da erschte Gang? Der is bei uns immer Suppe.

FEUERSTEIN: Nach dem ersten Gang wird Gas gegeben!

COHRS: Mänschnskinner, nach der Suppe geben wir doch keen Gas!

FEUERSTEIN: Sind Sie ein blöder Kraftfahrer! Sie sind so dämlich, Sie wissen nicht einmal, wo bei Ihrem Auto der Auspuff ist!

COHRS: Was, ich weeß nich, wo mein Auspuff is?

FEUERSTEIN: Wissen Sie nicht!

COHRS: Der Auspuff?

FEUERSTEIN: Wo ist er denn?

COHRS: Des weeß ich nich, der Auspuff?

FEUERSTEIN: Na, wo ist er denn?

COHRS: Der Auspuff?

FEUERSTEIN: Na, wo?

COHRS: Gegenüber vom Einpuff!

FEUERSTEIN: Hören Sie doch auf! Sie sind zu nichts zu gebrauchen!

COHRS: Was, ich bin zu nichts zu gebrauchen? Meine Frau sagt immer, ich wär zu allem fähig.

Der Lebensloof

FEUERSTEIN: Sie sollen am Montag eine Personalakte, einen Lebenslauf abgeben.

COHRS: Ä Lebenslauf? Des wird ja immer verrückter. Ä Lebensloof?

FEUERSTEIN: Wieso denn nicht?

COHRS: Ä Lebensloof? Ich weeß ja gar nich, wie das Ding geloofen is, sagense mal! Ä Lebensloof, weil man hier mal rummärn darf?

FEUERSTEIN: In der Schule schon haben Sie gelernt, wie man …

COHRS: Da war ich grad krank den Tag. Denkste, ich geh noch mal in die Schule wegen deinen bleeden Dings hier?

FEUERSTEIN: Passen Sie auf! Sie brauchen nur fünf Punkte.

COHRS: Beim Lotto?

FEUERSTEIN: Ja, das wär schön. Haha. Beim Lebenslauf. Erster Punkt: Wann sind Sie geboren?

COHRS: Halb elfe.

FEUERSTEIN: Haha.

COHRS: Na, des müsst ich wissen, wann ich geboren bin.

FEUERSTEIN: Die Uhrzeit nicht, der Tag ist wichtig.

COHRS: Ach, was für'n Tag … Montag!?

FEUERSTEIN: Montag.

COHRS: Mein Vater sagte ooch noch: Ah, die Woche fängt gut an. Un, un …

FEUERSTEIN: Der Monat war doch der … Januar?

COHRS: Ja, ich hatte gleich kalte Beene.

FEUERSTEIN: Und das Geburtsjahr?

COHRS: Neunzehnhunderteenunzwanzig.

FEUERSTEIN: Sag mal, 64, 61 … jetzt 43 Jahre.

COHRS: Zweeunvierzig.

FEUERSTEIN: Na 44.

COHRS: Du hast wohl een Finger zuviel, was?

FEUERSTEIN: Sie können nicht rechnen!

COHRS: Ich muss doch wissen ... kannst mir ja nich noch ä Jahr druffhäggern!

FEUERSTEIN: 44.

COHRS: Ich bin zwee ... das ist ... gloobste des?

FEUERSTEIN: Sind 43 ...

COHRS: Nein, zweeunvierzich!! Nein, das is een Streithammel, is das!

FEUERSTEIN: 43.

COHRS: Zweeunvierzch! Ich war ä Jahr vermisst! ... Mit dir hat man ja nur Huddelei heute.

FEUERSTEIN: Haha, vermisst ... Beim Militär waren Sie doch noch?

COHRS: Ich war nich beim Militär! Ich hab ja den ganzen Zimt uffgehalten, sagemal! Und ich hab ja ...

FEUERSTEIN: Ihre Heldentat ...

COHRS: Ooch, ich hab ja keene Heldentat ... fünfunzwanzig Franzosen, hab ich ja alleene, alleene hab ich die ja ... umzingelt.

FEUERSTEIN: Was?

COHRS: Ich hab ja fünfunzwanzig an eenem Tag gefangengenomm!

FEUERSTEIN: So, Sie haben die ja abgeliefert?

COHRS: Ging ja nich, die haben mich ja festgehalten ... aber ich hättse!

FEUERSTEIN: Also weiter. Jetzt kommt Ihr Vater.

COHRS: Mei Vater kommt hierher? Was will denn der hier?

FEUERSTEIN: Nein, im Lebenslauf. Beruf des Vaters?

COHRS: Ja, was er gemacht hat?

FEUERSTEIN: Beruf …

COHRS: Ja, das hat er gemacht.

FEUERSTEIN: Ja, was hat er gemacht?

COHRS: Ach, ach so, nachm Kriege? … Nu, da hatta so Fleisch- und Fettschiebung …

FEUERSTEIN: Im Ernst?

COHRS: Nee, in Dräsdn!

FEUERSTEIN: Sie können doch heute nicht bei einem Fernsehsender sagen Fleisch- und Fettschiebung …

COHRS: Warum denn nich? Fleisch- und Fettschiebung … der war Masseur … der hat immer heu …

FEUERSTEIN: So kommen wir nie zu einem richtigen Lebenslauf! Ihre Schwester …, Ihren Bruder habe ich heute getroffen?

COHRS: Meinen Bruder! Hast du getroffen?

FEUERSTEIN: Ja!

COHRS: War er nüchtern?

FEUERSTEIN: Natürlich!

COHRS: Dann war es nich mein Bruder!

FEUERSTEIN: Ich kenne doch Ihren Bruder … das heißt, er sah schlecht aus.

COHRS: Nu, vermickert, vermickert … Nu, der meckert immer.

FEUERSTEIN: Was fehlt ihm denn?

COHRS: Ach, der meckert immer bloß, der meckert …

FEUERSTEIN: Was hat er denn?

COHRS: Nu, der sagt immer: »Die ganze Woche arbeeten und sonnabends Betriebsschutz und sonntags Landeinsatz und alles …«

FEUERSTEIN: Wie lange macht er das schon?

COHRS: Morgen … fängt er an.

FEUERSTEIN: Haha. Ja … und was hat Ihr Bruder für einen Beruf?

COHRS: Ja, der macht, der macht so … Verwandlungskünstler … würd ich sagen.

FEUERSTEIN: Was macht der?

COHRS: Hast du een Triller im Ohr oder was is heute? Verwandlungskünstler isser!

FEUERSTEIN: Verwandlungskünstler? Was macht er denn da?

COHRS: Nu, was soll er da machen? Er geht mit'm alten Mantel inne Gaststätte … kommt mit'm neuen raus.

FEUERSTEIN: Hahaha. Eine feine Familie!

COHRS: Ach, wir komm zurechte!

FEUERSTEIN: Ja, das glaub ich auch. So, haben die Ihren Bruder nicht mal erwischt?

COHRS: Der hat gesiebte Luft geschnüffelt.

FEUERSTEIN: Soll einen richtigen Beruf gehabt haben?

COHRS: Ganz großen Posten!

FEUERSTEIN: Was?

COHRS: Ach, der hat ja, der hat einen gaanz großen Posten!

FEUERSTEIN: Großen Posten? Was war er da?

COHRS: Einschläfer inner Matratzenfabrik.

FEUERSTEIN: Haha. Was hat er da so im Monat verdient?

COHRS: Nuja, zweetausend Mark im Monat, die hat er zusammengeschnarcht, jaja …

FEUERSTEIN: Zweitausend hat er in bar bekommen?

COHRS: Nee, bar hat er zweehundert Mark gekriegt, das andre in guten Ratschlägen.

FEUERSTEIN: Jaja, brauch in den Lebenslauf ja nicht alles rein … schreiben Sie doch rein, wo Sie wohnen … ach, nee, wo Sie geboren sind, muss ja noch rein.

COHRS: In Dräsdn.

FEUERSTEIN: In Dresden. Schreiben Sie rein, ich bin Sachse … ist ja klar.

COHRS: Sachse? Bin doch keen Sachse! Bin Rheinländer!

FEUERSTEIN: Wie kommen Sie auf Rheinländer?

COHRS: Meine Eltern sind Rheinländer. Also bin ich ooch eener!

FEUERSTEIN: Wenn Sie in Dresden geboren wurden …

COHRS: Erzähl nich so'n Kümmel. Wenn die Eltern … das hat doch mit Dräsdn …

FEUERSTEIN: Natürlich!

COHRS: Nein, nein! Lass dir das erläutern. Pass off! Pass off! Wenn die Eltern Rheinländer sind …

FEUERSTEIN: Ja ist klar …

COHRS: He, da muss ich ja ooch een Rheinländer sein!

FEUERSTEIN: Nein, das ist Quatsch, was Sie … Wenn Sie in Dresden …

COHRS: Und geh mit deinem Kuchenbleche weg …

FEUERSTEIN: Hahaha, Sie!

COHRS: Pass off, pass off!

FEUERSTEIN: Wenn Sie in Dresden …

COHRS: Nein, das hat doch mit Dräsdn nichts zu tun!

FEUERSTEIN: Das ist entscheidend mit Dresden. Ihre Eltern sind zwar in Köln geboren, aber Sie …

COHRS: … sind in Köln geboren, sindse Rheinländer, also was bin ich?

FEUERSTEIN: Sachse!

COHRS: Nein! Ich könnt den eene latschn, gloobense das?

FEUERSTEIN: Es ist ja albern geradezu. Wenn Sie in Dresden … sind Sie Sachse!

COHRS: Nein!

FEUERSTEIN: Dort, wo Sie geboren sind, das sind Sie doch!!

COHRS: Nein. Mänsch, wenn eene Katze im Fischgeschäft Junge kriegt, sinds doch keene Heringe!

Ein bleeder Heini (1)

Heute geht aber ooch alles schief. Mänsch, heute früh ess ich ä Brötchen, schmeckt das nach Schuhkrem. Ich sage: Ella, das Brötchen schmeckt ja nach Schuhkreme! Haha, sagtse, da hab ich die Leberwurscht off die Latschen geschmiert.

Also, mit das bissel Esserei, da kannste verrückt werden. Da koof ich mir Milch, und die war so dünne! Ich zurück und sag: Horschensemal, Fräulein Verkäuferin, die Milch is doch viel zu dünne. Nuja, sagtse: Vielleicht habn die Kühe recht lang im Regen gestanden? Ich sag: Das macht nichts. Da geben Sie mir hundert Gramm von der dicken Leberwurscht, die da liegt. Sagtse: Was heißt hier Leberwurscht, das is mein Daumen. Ach!, sagtse, Leberwurscht , Ochsenfleisch müssen Sie koofen. Wer Ochsenfleisch isst, wird stark wie ein Ochse! … So ein Mist, ich ess schon vier Wochen Fisch, und ich kann immer noch nich schwimmen.

Gloobste, da kannste verrückt werden. Koof ich mir Nüsse, sind sie alle hohl. Ich zurück, sag: Was is denn nu wieder mit den Nüssen? Sind ja alle hohl! Sagtse: Das wissen wir. Dafür gehen ooch doppelt so viel uff'n Pfund.

Ach, die Verkäuferinnen … und dann vermärn die alles! Ich verlange was zum Gurgeln. Was gibtse mir? Ein Haarwuchsmittel. Jetzt kann ich mir jeden Morgen die Zunge rasiern.

Und das Scheenste, ich komm raus aus dem Laden, da kommt noch so'n dämlicher Radfahrer und fährt mir ins Kreuze! Dann sagt der ooch noch: Du hast ein Glück gehabt! Ich sage: Was! Das nennste Glück? Ja, sagt er, ich hab Urlaub, ich fahr sonst nen Autobus.

Ooh! Man muss ja so vorsichtig sein im Verkehr. Gestern ooch, Straßenbahn, Haltestelle. Kommt so'n langer Lulatsch und rückt mir uff die Hacken. Ich sag: Meine Fresse, sag, kannste keen größeren Schritt machen? Sagt er: Kann ich, aber da wär ich dir uff die Schulter getreten. Oh, den hättense mal sehn müssen. Das Jackett, lauter Karos und in jedem Karo ne Nummer. Ich sag: Was is denn das nu widder für'n Käse? Sagt er: Das is prima. Wenns mich mal krabbelt, sag ich: Anna, kratz mich mal uff der Neunundzwanzig.

Jetzt aber mal abgesaust mit der Karre. Und der Fahrer hat gebimmelt wie ein Verrückter. Sag ich: Was bimmelste denn? Is doch keener da! Sagt er: Weeß ich, mir krabbelt die Fußsohle.

He, und das Scheenste is, ich komm in den Wagen … und ein Sitzplatz! Kaum sitz ich, kommt ne Frau rein. Muss ich wieder uffstehn. Ich sage: Bittescheen! Ooch!, sagt sie, Sie sind ja ein Gäntlemäng. Gäntlemäng? Ich weeß nich, was das is! Aber ich hab ihr vorsichtshalber eene gedonnert.

An der nächsten Ecke bin ich dann abgestiegen worden. Ooh, da war een großes Gasthaus. Uff eenmal geht die Türe uff, kommt eener rausgeflogen. Besoffen! Latscht widder 'nein, kommt noch einmal rausgeflogen. Will wieder 'nein. Ich sag: Bleib doch draußen! Sagt er: Ich muss 'nein. Ich bin der Wirt!

Mein Freund kam ooch angelatscht. Ich sage: Mänsch, Paul, alte Granate. Wir hatten uns lange nich gesehn. Sagt er: Ich war in der Schweiz. Ich sag: In der Schweiz?! Da biste wohl ooch übern Sankt Gotthardt gefahren? Sagt er: Een überfahren hab ich, aber ob der Gotthardt geheeßen hat?

Und der hat geweent … Ich sag: Du weenst ja. Ach!, sagt er, heute is ein Unglückstag. Du weeßt ja, ich bin im Zoologischen Garten Wärter. Die Nacht is unser größter

Elefante gestorben. Ich sag: Den haste so geliebt … Sagt er, Ach!, sagt er, ich soll des Grab schaufeln.

Also, so was Dämliches wie den gibts nur eenmal! Und der will alles machen. Ich hatte ja so ne scheene Kuckucksuhr, die hat der repariert … Gehn tut sie. Bloß jetzt kommt der Kuckuck dauernd raus und fragt, wie spät es is …

Und das Scheenste, mit dem wollt ich mal een Bügeleisen koofen. Wir rein ins Geschäft. Ich sag: Fräulein Verkäuferin, wir zweeje, mir möchten gern een Bügeleisen. Sagtse: Könnse haben, wir haben noch eens da für zweehundertzwanzig Volt. Sagt das dumme Luder: Zweehundertzwanzig Volt? Wie viel is'n des in deutschem Gelde?

Also, da könnt man verrückt werden … Wir waren mal angeln. Kinder, ich sitz mit dem Heini am Bache, der zieht mit seiner Angel, kommt ä Latsch hoch. Ich ziehe, eene Waschwanne. Der zieht noch mal, ä Kochtopp. Ich sag: Hör uff! Ich gloob, da unten wohn welche.

Mit dem hat man nur Aufregung. Gestern besuch ich ihn, macht der die Treppe! Ich sag: Bist denn du verrückt! Als Mann, du machst die Treppe? Ich sag: Das tät mir nie einfallen! Sagt er: Mir ooch nich, is meiner Frau eingefallen … Und der hat een ganz blaues Auge. Sag ich: Was is denn passiert? Du hast ja ä blaues Auge? Ja, sagt er, meine Frau hat sich mit'm Hammer uff'n Daumen gehaun. Ich sag: Was hat denn das mit deinem Auge zu tun? Sagt er: Ich hab dummerweise gelacht …

Und das Scheenste, jetzt komm ich in die Wohnung. Kinder, die Wohnung sah aus! Alles voll Sägespäne. Ich sag: Wo kommen die Sägespäne her? Sagt er: Sind doch keene Sägespäne! Wir haben Krach gehabt. Das ist der Rest von den Möbeln.

Uff eenmal klingelts, stand der Kleene da von seiner Nachbarin. Sagt er: Scheenen Gruß von meiner Mutter, könnse nich mal nen Moment Ihrn Staubsauger abstellen! Unsre Sülze wird nicht feste.

Das war ein Theater den Tag! Und jetzt kommt's Verrückteste! Uff eenmal explodiert im Nachbarhaus een Gasbadeofen. Unser Schrank fiel um, die Lampe kam runter, die Fenster flogen raus. Uff eenmal kommt den sein Großvater von der Toilette und lacht. Sagt er: Feixt du noch? Sagt der: Solln ich nich lachen? Ich zieh an der Kette, fällt das Haus ein …

Und das Scheenste, ich hab ja ooch manchmal Ärger mit meiner Wirtschaftsgeldvernichtungsmaschine. Oh, ich hab manchmal großen Ärger. Gestern komm ich nach Hause, liegt die verkehrt rum im Bette. Ich sage: Ella, du liegst doch verkehrt rum im Bette. Sagt sie: Gott sei Dank. Da sinds die Beine. Ich dachte schon, ich hätte Kopfschmerzen!

Also, da kannst du verrückt kannste da werden! Gestern Abend wars am schlimmsten. Ich lieg schon im Bette. Uff eenmal klingelts. Ich latsch an die Türe, kein Aas da! Ich guck zum Fenster 'nunter, lehnt'n Liebespaar an meiner Klingl. Hab ich aber een Eemer Wasser runtergeknallt. Es dauerte ooch nich lange, kam meine Frau hoch, platschnass …

Übers Autofahren

COHRS: Sage mal, du alte Granate …

BÖLKE: Was ist denn los?

COHRS: Du amüsierst dich mit den Leuten … ich wäre bald überhaupt nich gekommen.

BÖLKE: Was gibt es denn?

COHRS: Ich hab doch een Unfall gehabt. Hier bei Zeitz

ist so ein dämlicher unbewachter Bahnübergang. Und ich komm mit mein' Auto angefärzelt. Uff eenmal fuhrn wir im Zug!

BÖLKE: Waaas?

COHRS: Jetzt bin ich in den Zug 'neingerammelt. Mich hatte es gleich ins Abteilfenster gefeuert, mitten in die Leute nein.

BÖLKE: Zwischen die Leute?

COHRS: ... in den Zug!

BÖLKE: Was haben denn die gesagt?

COHRS: Nu, die haben gesagt: Widder eener ohne Fahrkarte.

BÖLKE: Haha, ich möchte wissen, wo du deine Fahrerlaubnis gemacht hast?

COHRS: Meine Fahrerlaubnis, die mach ich immer in Heringsdorf.

BÖLKE: Ach!

COHRS: Oben an der See. Das is ä alter Trick von mir. Bei der Fahrprüfung sitzt doch een Polizist im Auto. Und der passt uff, ob du fahren kannst. Und da fahr ich am Nacktstrand lang ... Denkste, der sieht, wie ich fahre?

BÖLKE: Hohoho. Was hast du denn jetzt für ein Auto?

COHRS: Ich hab jetzt den Trabant, den Sechshunderteenser.

BÖLKE: Na, der ist doch ...

COHRS: ... ja, ja.

BÖLKE: Du, warum nennen Sie den denn überhaupt 601?

COHRS: Warum der Trabant Sechshundertundeens heißt? Na, es wird so sein, weil sechshundert warten druff ... eener kriegt ihn!

BÖLKE: Hat der eigentlich, wie es heute so erforderlich ist, einen Sicherheitsgurt?

COHRS: Ach, nee! Nee, nee …

BÖLKE: Nee, was?

COHRS: … Trabant mit een Sicherheitsgurt? … Sieht ja aus, als wenn eener mit'm Rucksack kommt! … Aber schnell isser!

BÖLKE: Schnell ist er, jaja.

COHRS: Bin ich mal losgedonnert, hat er sogar ne Henne überfahren!

BÖLKE: Nein!

COHRS: Ich bin über die Henne weggerammelt.

BÖLKE: Haha. Was!

COHRS: Des Gesichte von der Henne, nee …

BÖLKE: War sie breit, ja?

COHRS: Nee, die hat sich bloß geschüttelt …

BÖLKE: Hahaha.

COHRS: Na, die wird gedacht haben, endlich mal ä richtiger Hahn, der Kleene!

BÖLKE: Haha. … Aber weißt du denn schon das Allerneueste? Jetzt gibt es sogar Garantie auf die Autoreifen.

COHRS: Hundert Jahre!

BÖLKE: Hundert Jahre.

COHRS: Unsre Autoreifen sind ja die größte Sensation!

BÖLKE: Ja, aber hundert Jahre, du!

COHRS: 500 Jahre könntense Garantie geben!

BÖLKE: Meinst du?

COHRS: Die werden dasselbe Material nehmen, wasse ooch für die Bockwurschtschale nehmen … Aber weil wir grad von den Autos reden. Kennste die neue Verkehrsvorschrift?

BÖLKE: Nein …

COHRS: Unser Minister für Handel und Versorgung hat sogar Vorfahrt vor der Feuerwehr!

BÖLKE: Ach!

COHRS: Kann immer als Erschter loseiern!

BÖLKE: Weshalb hat der denn Vorfahrt vor der Feuerwehr?

COHRS: Nu, die werden sich gedacht haben, bei der Feuerwehr brennts meistens nur an eener Stelle …

BÖLKE: Hahaha. Und das hast du alles erlebt?

COHRS: Ja, das hab ich doch alles erlebt!

BÖLKE: Nein!

COHRS: Und deswegen bin ich ja rausgehäggert gekommen!

BÖLKE: Ach was?

COHRS: Jetzt geht ja das Theater los! Eigentlich wollt ich den Leuten das erzählen. Aber wir spielen es ihnen vor.

BÖLKE: Das machen wir.

COHRS: Wir spielen das richtig vor!

BÖLKE: Gut …

COHRS: Damit du weißt, wo das angefangen hat. Im Frisiersalon! Und jetzt könnt ihr was erleben! Auf in den Frisierladen!

Zeitungslektüre im Frisiersalon

BÖLKE: So, der Nächste bitte!

COHRS: Ah, du bleeder Flatsch … Weißt du, is keiner da. Da könnse mir mal die Kugel abdrehn.

BÖLKE: Aber gerne.

COHRS: Aber haunse mir nich widder so'ne Treppe 'nein! Seh so schon een bissel versaut aus.

BÖLKE: Wie machen wir es denn?

COHRS: Sag mal, habt ihr keen Stuhl, wo man mit den Beenen runterkommt? … Ich sitz ja hier wie uff'n Abtritt! … So, wir machen vorne kurz, an der Seite zum Knöpfen … Haben wir ä bissel Zeitung oder was?

BÖLKE: Ja, haben wir da.

COHRS: Gibts was Neues?

BÖLKE: Was Neues? Ah, der Theaterplan ist heute drin.

COHRS: Hör mir uff mit'n Theater! War gestern mit meiner Frau im Theater. Drei Stunden hat die gebrüllt wie am Spieße!

BÖLKE: Ach, vor Begeisterung?

COHRS: Ach, Käse! Den Daumen hatse sich eingeklemmt! War so'n dämlicher Klappsitz, da warse 'ringeraten, hatse mir drei Stunden in die Ohren gewiehert.

BÖLKE: Weshalb jodelt sie denn da drei Stunden?

COHRS: Nu, die war zu faul zum Uffstehn! … Ach, gucke, Zatopek looft wieder!

BÖLKE: Ja, man muss sich wundern.

COHRS: Zatopek is ja der größte Läufer aller Zeiten!

BÖLKE: Siehste.

COHRS: Aber der hat so schlechte Augen.

BÖLKE: Wie kommen Sie denn darauf?

COHRS: Zatopek lief gestern gegen die Uhr!

BÖLKE: Ah …

COHRS: Also, wenn er die nich sieht, dann hat er Fett uff der Brille. Der muss doch die Uhr sehn! Meine Fresse!

BÖLKE: Hier, der neue Roman ist heute drin.

COHRS: Ach, den ihre Romane … hörnse uff!

BÖLKE: Ein Krimi!

COHRS: Ach, von mir sollnse mal een abdrucken. Das machense ja nich.

BÖLKE: Die schreiben auch …

COHRS: … ganz bekannte Sachen. Kennen Sie Wilhelm Tell? … Hab ich geschrieben, na …

BÖLKE: Sie haben den Wilhelm Tell geschrieben?

COHRS: Ich hab den Wilhelm Tell geschrieben … Wenn er nich antwortet, is es seine Sache!

BÖLKE: Hier, wie wäre es denn mal zum Wochenende – Damenball in Clärchens Ballhaus …

COHRS: Hähä. Hör uff mit Damenball! Ich war eenmal zum Damenball, habense mir während des Tanzens die Hosen geklaut! … Das sah scheen aus.

BÖLKE: Ja, haha.

COHRS: Dann hat mir noch eener 's Oberleder von die Schuhe geschnitten, nee, nee … Ach, gucke! Hier verkooft eener Pferde! Gar nich mal teuer. Das werden spanische Renner sein! Blumento-Pferde, geht ab! Blumento-Pferde … das sind wahrscheinlich …

BÖLKE: Nichts da, nichts da! Blumentopferde heißt das! Hier, das von der Mode sollten Sie mal lesen! Das ist interessant!

COHRS: Mode is ooch drinne? Ach nee …

BÖLKE: Der letzte Schrei nicht mehr zu bremsen – die Miniröcke!

COHRS: Miniröcke?

BÖLKE: Achtzehn Zentimeter über dem Knie sind wir angelangt.

COHRS: Die Frauen … die Röcke bis hierher?

BÖLKE: Ja …

COHRS: Nee, die alten Ferkel! Meine Fresse … Ach, gucke hier. Die Annoncen sind ooch noch scheen hier. Stellengesuche …

BÖLKE: Was denn?

COHRS: Junge Frau aus der nichtarbeitenden Bevölkerung sucht ähnliche Tätigkeit in der Verwaltung … Ach, is aber gemeene hier. Sucht eener ne Winterkur für seine Schwiegermutter mit Lawinengefahr …

BÖLKE: Ja, haha.

COHRS: Ä Rentner is ausgebrochen.

BÖLKE: Wer ist ausgebrochen?

COHRS: Ein Rentner is ausgebrochen. Hier.

BÖLKE: Ein Rentier aus dem Zoo!

COHRS: Aber sie habens schon widder.

BÖLKE: Ja, der Tierfänger hat es gleich gegriffen.

COHRS: Tierfänger is ’n scheener Beruf. Ich wollte ooch mal Tierfänger werden. Aber gefährlich!

BÖLKE: Sehr gefährlich!

COHRS: Plötzlich steht so’n Löwe vor eenem – aaah! No, ich hab geheiratet, es is dasselbe.

BÖLKE: Aber, wo wollen Sie denn bei uns einen Löwen fangen?

COHRS: Löwen hätten wir keene. Aber Karnickel hätt ich gefangen.

BÖLKE: Karnickel?

COHRS: Und der hätte so lange Poche gekriegt, bis er zugibt, dass er ä Löwe is.

BÖLKE: Fotografieren Sie eigentlich …

COHRS: Hab ich schon mal gemacht! Hier das Beste!

BÖLKE: … Amateurfotos in der Zeitung.

COHRS: Wollte mir ja die Zeitung abkoofen. Das lebt! Hunderttausende von Mänschn! Da wogen die Massen, was? Is ne Sensation das Bild! Das is een Bild!

BÖLKE: Ist das ein Pressefest?

COHRS: Ach, Pressefest. Das is Käse! Das is der Konsum! Da gabs die Gummiringe für die Einmachgläser.

BÖLKE: Das können wir aber nicht schicken. Da kriegen wir Ärger.

COHRS: Ach, habense ooch mal fotografiert?

BÖLKE: Naja …

COHRS: Aber een bissel finster.

BÖLKE: Na, ich hab ja bloß ne Pouva Start.

COHRS: Ne Buba habense, nee?
BÖLKE: Ja. Und das ist mein Häusl.
COHRS: Das is Ihr Häusl? Is ä hübsches Häusl.
BÖLKE: Jaaa.
COHRS: Vorne kleenes Herz am Eingang …
BÖLKE: Hier habe ich einen bunten Garten.
COHRS: Hier is der Garten?
BÖLKE: Ein Springbrunnen …
COHRS: … und ne Fahnenstange im Garten hat man ja jetzt! Fahnenstange is ja hochmodern!
BÖLKE: Fahnenstange? Das ist meine Frau!!

Vom Heiraten und Adoptieren

BÖLKE: Na, wie gefällt es dir denn mal wieder in Halle?
COHRS: Ach, ich bin gerne Halle.
BÖLKE: Jaaa.
COHRS: Aber eens gefällt mir nich. Mir latschen immer so alleene durch die Gegend. Mir müssten ooch mal ne Braut haben.
BÖLKE: Möchtest du?
COHRS: Na, für dich isses leicht. Du bist scheen groß. Du kriegst immer eene. Aber een so'n Kleener wie ich. Ah … hör mir uff … ich hab mal eene angesprochen, die hat mir ne Rolle Drops gekooft.
BÖLKE: Ich müsste dich einfach mal so … so auf eine Ehevermittlung mitnehmen, so Heiratsbüro …
COHRS: Heiratsbüro?
BÖLKE: Ja.
COHRS: Da gibts Büros, da gehste hin und sagst, du möchtest eene ham? Sagt er: Bitte, nehmense eene mit? … Nee, nee …

BÖLKE: Große, Kleine, Blonde …

COHRS: Das is ja Wahnsinn …

BÖLKE: … wie du willst, ja.

COHRS: So was verkoofense?

BÖLKE: Ja.

COHRS: Aber neue Kartoffeln habense keene? Da geht man einfach hin und sagt: Ich hätte gern 'n Viertel von der, 'n Viertel von der …

BÖLKE: Nein, nein. Du musst sie natürlich schon im Stück nehmen. Aber ich mach dir das vor, wenn du das nicht kennst!

COHRS: Was, du spielst mir jetzt den Herrn Heiratsbüro?

BÖLKE: Mach ich, ja.

COHRS: Und du verkoofst mir eene?

BÖLKE: Ja, richtig.

COHRS: Herrlich, ich nehm eene …

BÖLKE: Gut.

COHRS: Aber keen Ladenhüter!

BÖLKE: So, dann kommen Sie rein, wenn Sie dran sind!

COHRS: Äh, hier draußen steht: Heiratsbüro. Sind Sie sozusagen der, der die Leute zusammenhäggert, dass man … ich wollte fragen, habense ooch mal für mich so ne kleene Streuselschnecke? Ich wollt gerne, dass man … immer mal so … ich möcht ja ooch mal gerne … wennse eene hätten, dass man …

BÖLKE: Wir sind ein seriöses Unternehmen, ja!? Moment, waren Sie denn schon mal verheiratet?

COHRS: Zwölfmal!

BÖLKE: Und da wollen Sie noch mal heiraten?

COHRS: Eenmal müssen sie ja alle werden! Wennse so'ne Kleene hätten?

BÖLKE: Warum wollen Sie denn noch mal heiraten?

COHRS: Ich muss heiraten!

BÖLKE: Sie müssen heiraten?

COHRS: Ich hab mir nen Pullover gekooft, der geht hinten zuzumachn … mit die kleenen Arme, ich komm ja gar nich dran, und ich hab gedacht, wennse eene hätten

BÖLKE: Wie wäre es mit der hier?

COHRS: Herrlich, die nehmen wir!

BÖLKE: Eine stramme Försterin mit Auto.

COHRS: Försterin mit Auto? Habense keen Bild vom Auto? Ich wollt mal sehn …

BÖLKE: Ach, wissen Sie, was wir machen? Wir setzen mal zusammen eine Annonce auf!

COHRS: Eine Annonce, schreiben wir an Herrn Annonce persönlich?

BÖLKE: Ja, bitte.

COHRS: Sehr geehrter Herr Annonce …

BÖLKE: Kürzer!

COHRS: Kürzer? Sehr geehrter Herr Kürzer!

BÖLKE: Nicht. Sie sollen sich kürzer fassen!

COHRS: Ach, kürzer? Mach ich. Komikereibesitzer, halbstaatlich, schreiben wir, alte eingesessene Familie …

BÖLKE: Eingesessene Familie?

COHRS: Ja, meine Schwester habense schon zweemal erwischt. Hat die Kleptomanie!

BÖLKE: Ja, das ist schlimm.

COHRS: Klaut alles, was sie erwischen kann.

BÖLKE: Ah, jaja.

COHRS: Jeden Mist bringt die angedonnert.

BÖLKE: Das ist krankhaft, da müssen Sie mal in die Klinik gehen.

COHRS: War sie jetzt … ein Jahr!

BÖLKE: Na also, ist es schon besser geworden?

COHRS: Viel besser, die klaut jetzt bloß noch Sachen, die man gebrauchen kann.

BÖLKE: Also …

COHRS: Und da schreiben wir: jung, scheen und reich muss sie sein …

BÖLKE: Das kann ich mir denken. Eine, die jung, schön und reich ist, die nimmt Sie doch nicht! Die, die müsste ja meschugge sein!

COHRS: Gut, schreiben wir: meschugge angenehm.

BÖLKE: Ja, was denn?

COHRS: Und von mir schreiben wir: fortschrittlich und rückständig. Damit die Bescheid weeß.

BÖLKE: Fortschrittlich oder rückständig!

COHRS: Beedes!

BÖLKE: Warum denn beides?

COHRS: Fortschrittlich im Denken und rückständig mit den FDGB-Beiträgen.

BÖLKE: Ist das alles?

COHRS: Ja, wenn mal so eene, dass man … wenn wir die hätten, da …

BÖLKE: Da machen wir ein bisschen grün drum rum … Sagen Sie noch mal was anderes. Würden Sie denn gegebenenfalls ein Kind adoptieren?

COHRS: …? …? …? Was soll ich mit dem Kinde??

BÖLKE: Sie sollen ihm an sich gar nichts. Ich meine, ob Sie es adoptieren wollen?

COHRS: Ob ich dem Kinde adoptiere?

BÖLKE: Ja.

COHRS: …? …? …?

BÖLKE: Ach, Sie wissen nicht recht, was adoptieren ist, was?

COHRS: Bin doch nich dämlich! Ad … adoptieren, das weeß doch jeder!

BÖLKE: Ah!

COHRS: Adoptieren is, wenn die Leute sagen … weeß ja

sowieso jeder … aber da werdense … adoptieren tunse, wennse gesagt haben, dass se ooch nich, aber … ach, da hat ja so manch eener adoptiert, der gar nich dabei war. Adoptiern is eene Sache, wo, naja … ich will mal sagen, wennse alle adoptiern, da schließ ich mich nicht aus … adoptiern is eben kurz gesagt, wenn eener, jaja …

BÖLKE: A-dop-tie-ren, nun überlegen Sie doch mal!

COHRS: Ach, adoptieren, das is ja was ganz andres. Adoptieren, das is ja, wo der gesagt hat, dass der andre ooch nicht, wenn … ah, jetzt weeß ich, wenn der schießt und der Hund, der bringt den Hasen, dann hat er den … im Maule, hat er den!

BÖLKE: Haha. Wie kommen Sie denn darauf? Menschenskinder, das ist Apportieren!

COHRS: Was is mit der Abbortiere?

BÖLKE: Das nicht. Ich meine Adoptieren!

COHRS: Das mein ich ooch. Das is eine Sache, wo doch … nuja, das kann ja ooch mal anders kommen, da werdense sehn … Naja, Adoptieren is eene Sache, nu, da werdense kaum eenen finden, der das nich weeß. Adoptieren, dass müssense sich so vorstellen, wenn eener ne Stachelbeere und saures Bier druff und kalte Milch, aber da dauerts nich lange, da …

BÖLKE: Haha. So kommen wir da nicht weiter. Ich muss Ihnen das erklären.

COHRS: Sie haben eine andre Meinung?

BÖLKE: Ja, allerdings!

COHRS: Na, es wird verschieden ausgelegt.

BÖLKE: Nee, nee. Also, passen Sie auf! *(zur Seite gesprochen)* Wie bringe ich das denn dem bei? Nehmen wir mal an, wenn Sie jemand zu sich nimmt …

COHRS: Wenn mich jemand zu sich nimmt?

BÖLKE: Ja.

COHRS: Ach, uff eenmal!
BÖLKE: Um Sie damit glücklich zu machen.
COHRS: Um mich glücklich zu machen?? …
BÖLKE: Dass Sie ein Zuhause haben. Was ist? Was haben Sie denn?
COHRS: … … … Haha. Das ist Adoptieren?
BÖLKE: Ja!
COHRS: Bin ich ja vorige Nacht dreimal adoptiert worden!!!

Gib mir mal ne Mark

FEUERSTEIN: Meine lieben Freunde …
COHRS: Hallo! Hallo!
FEUERSTEIN: Was ist denn los?
COHRS: He, momentemal!
FEUERSTEIN: Was wollen Sie denn hier?
COHRS: He, momentemal!
FEUERSTEIN: Sie stören mich!
COHRS: Was quackerste denn hier rum? Will dich mal was fragen? Was ganz Wichtiges!
FEUERSTEIN: Lieber Herr Cohrs, seit wann sind wir denn per du?
COHRS: Wir sind doch beede in der Gewerkschaft!
FEUERSTEIN: Was wollen Sie überhaupt?
COHRS: Was ganz Wichtiges!
FEUERSTEIN: Sie stören mich hier.
COHRS: Stören, du weeßt doch gar nich, was passiert is! Was ganz Wichtiges!
FEUERSTEIN: Was?
COHRS: Kannste mir mal ne Mark borgen?
FEUERSTEIN: So eine Frechheit! Ich denke ja nicht dran!

COHRS: Eene Mark wirste wohl haben! Eene kleene?

FEUERSTEIN: Keinen Pfennig!

COHRS: Ne zerlatschte?

FEUERSTEIN: Nein!

COHRS: Also, haste wohl keene?

FEUERSTEIN: Hach, ich habe viele.

COHRS: Da gibtste mir viele!

FEUERSTEIN: Nein, nein, ich gebe dir gar keine!

COHRS: Ach, gib mir mal ne Mark!

FEUERSTEIN: Wozu das Geld überhaupt?

COHRS: Ich wollte gern mit dem Bühnenmeester een schnasseln. Wir wolln een schwebbern.

FEUERSTEIN: Aah, von meinem Geld wollt Ihr Euch besaufen?

COHRS: Denkste vielleicht, wir versaufen unseres?

FEUERSTEIN: Für Alkohol keinen Pfennig! Alkohol ist schädlich!

COHRS: Ach, Käse, Alkohol ist gesund!

FEUERSTEIN: Wer sagt denn das?

COHRS: Meine Großmutter. Die reibt sich immer 's Been ein mit Alkohol.

FEUERSTEIN: Aber vielleicht gegen Rheumatismus?

COHRS: Nuja, wir haben Rheumatismus im Halse.

FEUERSTEIN: Jaja.

COHRS: Gib mir doch mal ne Mark!

FEUERSTEIN: Nein. Ich habe dir eben erklärt, Alkohol ist schädlich. Ich kann es dir sogar beweisen.

COHRS: Soo?

FEUERSTEIN: Meine Eltern haben mir früher nie Alkohol gegeben, weil Alkohol dumm macht.

COHRS: Ach, ... und wer hat dir später welchen gegeben?

FEUERSTEIN: So, jetzt reichts aber!

COHRS: Aber eene Mark wirste doch haben! Eene?

FEUERSTEIN: Jaa, damit Ruhe und Frieden wird. Gut, ich verspreche dir eine Mark, aber … nicht umsonst!

COHRS: Was denn, nich umsonst?

FEUERSTEIN: Für ein Rätsel!

COHRS: Für ein Rätsel? Du sollst dein Willen haben! Ich geb dir das Rätsel, und du gibst mir die Mark. Pass off, sonst weeßtes widder nich! Ä Rätsel für ne Mark: Was is, wenn een Affe uff'm Baum klettert, nu?

FEUERSTEIN: Was soll denn da sein?

COHRS: Na, da is een Affe weniger uff der Erde!

FEUERSTEIN: Haha, gibts denn so was!

COHRS: Los, gib das Geld her!

FEUERSTEIN: Ah, nichts.

COHRS: Noch keen Geld?

FEUERSTEIN: Na, ich denke nicht dran! Nicht für so was.

COHRS: Das hältste nich für meeglich. Na, noch eens. Zweeje für ne Mark hats überhaupt noch nie gegeben! Zweeje für ne Mark. Na, noch eens. Du Ausbeuter!

FEUERSTEIN: Ach, Ausbeuter …

COHRS: Zwee Rätsel für ne Mark, pass off! Was is, wenn zwee Affen uff'm Baum klettern, he?

FEUERSTEIN: Na, das ist ja leicht. Da sind eben zwei Affen weniger auf der Erde.

COHRS: Nö, da is een Affe mehr uff'm Baum.

FEUERSTEIN: Haha.

COHRS: Jetzt krieg ich das Geld.

FEUERSTEIN: Ich denke nicht dran!

COHRS: Was denn, noch keen Geld?

FEUERSTEIN: Doch nicht für so was!

COHRS: Hast du doch versprochen! Mänsch, alles versprechen und nichts halten! Du gehörst uffs Wohnungsamt!

FEUERSTEIN: Wie komme ich dazu, für mein Geld deine

blöden Rätsel zu raten? … Ich werde dir eins aufgeben, und wenn du es rausbekommst, bekommst du auch die Mark.

COHRS: Was, was, ich hör wohl n bissel späte? Wenn ichs rauskriege? Jedes Rätsel krieg ich raus! Es gibt überhaupt keen Rätsel, was ich nich gleich hinschmettre.

FEUERSTEIN: Ach, gib doch nicht so an! Du verhinderter Halbstarker!

COHRS: Was, Halbstarker?!

FEUERSTEIN: Ja.

COHRS: Du verwechselst mich wohl mit HO-Bohnenkaffee? Gib mir doch mal die Mark!

FEUERSTEIN: Also, pass auf! … Ich, hm, zwei Räder …

COHRS: … kenn ich!

FEUERSTEIN: Kennst du nicht!

COHRS: Mänsch, wenn eener sagt zwee Räder, da weeß man ja, was kommt!

FEUERSTEIN: Da weiß man nicht, was kommt!

COHRS: Mänsch, ich bin ja nich dämlich.

FEUERSTEIN: Ich muss Sie enttäuschen. Der Bühnenmeister hat vorhin zu mir gesagt: Der Cohrs ist für mich dämlich.

COHRS: Was, das hat der Bühnenmeester gesagt?

FEUERSTEIN: Er wollte es mir sogar schriftlich geben.

COHRS: Hastes genommen?

FEUERSTEIN: Nö, nö, das hab ich dem auch so geglaubt. … Also, pass auf: Zwei Räder, eine Stange …

COHRS: … kenn ich, zwee Räder, eine Stange …

FEUERSTEIN: … eine Querstange, eine Lampe …

COHRS: … ne Lampe …

FEUERSTEIN: … ein Henkel …

COHRS: … ä Henkel?

FEUERSTEIN: Ja.

COHRS: Ä Henkel? Zwee Räder und ä Henkel?
FEUERSTEIN: Ja.
COHRS: Haste da richtig druff gehört?
FEUERSTEIN: Natürlich.
COHRS: Ä Henkel? Haste dich da ooch nich anschmieren lassen?
FEUERSTEIN: Nein, nein, nein, nein.
COHRS: … eene Lampe und ä Henkel? Hat doch wieder eener was versaut!
FEUERSTEIN: Achwo!
COHRS: … und eene Querstange? Und ä Henkel?
FEUERSTEIN: … und ein Henkel!
COHRS: Is es für'n Export bestimmt?
FEUERSTEIN: Haha, nein auch nicht.
COHRS: Mänsch, wenn des nich mit'm Hänkel nich wär, da würd ich sagen, das is een Fahrrad.
FEUERSTEIN: Du wirst lachen, Eberhard, das ist sogar ein Fahrrad.
COHRS: Was, das is 'n Fahrrad? Und der Henkel?
FEUERSTEIN: Haha, das habe ich nur gesagt, damit das Rätsel ein bisschen schwerer wird. Eins null, eins null für mich!
COHRS: Ooh, du willst mich reinlegen?! Halt, da hab ich ooch eens! Pass off, pass off! Es steht unterm Bette …
FEUERSTEIN: Na, na, na, na …
COHRS: Hab ich doch selber gesehn! … Man brauchts nachts, wenn man uffsteht …
FEUERSTEIN: Halt! Das passt aber nicht hier!
COHRS: Aber unters Bette passts. Is ooch ä Henkel dran!
FEUERSTEIN: Weiß schon, weiß schon.
COHRS: Nichts weeßte! Nichts weeßte! Willst immer alles wissen! … Das sind die Hausschuhe.
FEUERSTEIN: … Die Hausschuhe?

COHRS: Ja, mit dem Henkel hab ich bloß gesagt, damits schwerer wird.

FEUERSTEIN: Duuu …

COHRS: Das war ein bissel schwer. Halt! Ich hab een leichtes für dich, ein ganz leichtes. Pass off! … Der Unterschied zwischen een Saxophon und een Sack Mehl? Na?

FEUERSTEIN: … zwischen einem Saxophon …

COHRS: … und een Sack Mehl. Das is ganz leicht! Das weeßt du nich?

FEUERSTEIN: Nee …

COHRS: Musste mal reinblasen!

FEUERSTEIN: Haha, also gut …

COHRS: … und das Geld?

FEUERSTEIN: Die letzte Möglichkeit …

COHRS: Was denn, immer noch kein Geld?

FEUERSTEIN: Moment, Moment!

COHRS: Was denn, viere für ne Mark?

FEUERSTEIN: Erst, wenn du eins rausbekommst, nicht wahr? Ein ganz leichtes, ein ganz leichtes! Es ist braun, hat vier Beine und bellt.

COHRS: Braun, vier Beene und bellt? Für ne Mark? Jedes krieg ich raus, jedes. Das Geld is sicher. Pass off!

FEUERSTEIN: Ach, jedes! Du machst immer auf intelligent … das Pulver hast du auch nicht erfunden!

COHRS: Hab ich ooch nich. Willste mir was in die Schuhe schieben? Also, für ne Mark. Pass off! Braun, hat vier Beene und bellt.

FEUERSTEIN: Ja.

COHRS: Für ne Mark?

FEUERSTEIN: Ja.

COHRS: Für ne Mark, für ne Mark? Und bellt?

FEUERSTEIN: Ja!

COHRS: Für ne Mark? Haste denn keenen für sechzig Pfenn'ge?

FEUERSTEIN: Aha!

COHRS: … bellt …

FEUERSTEIN: Na, was bellt … eine Kuh ist es nicht.

COHRS: Heut is alles möglich, ä Hund … ä Hund und bellt … ich bleeder Heini, ä Hund …

FEUERSTEIN: Nein, das ist falsch.

COHRS: Was, ä falscher Hund?

FEUERSTEIN: Ach! Es ist kein Hund. Es ist eine Hündin! Zwoo null.

COHRS: Was denn, eene Hündin? Ah, du willst mich blamieren?

FEUERSTEIN: Ja, das will ich!

COHRS: Reinlegen? Das haben wir gerne. Komm her, komm her, komm her! Ich hab ooch 'n Rätsel für dich.

FEUERSTEIN: Bitte!

COHRS: Pass off, pass off, pass off! Sieht braun aus, hat vier Beene und bellt nich.

FEUERSTEIN: Waaas?

COHRS: … und bellt nich, und bellt nich und hat noch nie gebellt!

FEUERSTEIN: So, was ist denn das?

COHRS: Reinlegen, des haben wir gerne … Es hat noch nie gebellt …

FEUERSTEIN: Was soll das sein?

COHRS: Das is ooch 'n Hund … Der ist taubstumm!

FEUERSTEIN: Oh, jetzt bin ich am Ende, du!

Über Export und Import

BÖLKE: Was streitest du denn mit deiner Frau?

COHRS: ... meine Frau ist sooo nett, aber jeden Tag kommtse und will das ganze Geld haben, das is ja ne Unverschämtheit!

BÖLKE: Jeden Tag?

COHRS: Jeden Tag, des ganze Geld seit ein paar Jahren!

BÖLKE: Was macht sie denn mit dem ganzen Geld?

COHRS: Weeß ich doch nich, hab ihr noch nie welches gegeben!

BÖLKE: Das sieht dir ähnlich. Ist sie eigentlich berufstätig?

COHRS: Na, die is im Büro, die verdient selber, die is doch bei Export und Import isse.

BÖLKE: Bei Export und Import. Was ist denn das für ne Firma?

COHRS: Na früher hieß es nur Export, aber weil manchmal was zurückkommt, da nennen sie es Export und Import.

BÖLKE: Was exportieren die denn eigentlich?

COHRS: Nu, die exportieren alles das, was wir selber gut gebrauchen könnten. Aber sie importieren ooch, das muss man ihnen lassen.

BÖLKE: Ja? Was importieren sie denn?

COHRS: Was die andern nich gebrauchen können ...

BÖLKE: Hast du aber mal die schicken Messe-Exponate gesehen?

COHRS: Hör mir uff mit den Messe-Exponaten! Jetzt hat so een bleeder Heini eene elektrische Zahnbürschte erfunden. Hab ich eenmal genommen, da kamen schon drei Stiftzähne geflogen. Weil sie immer 'n Haufen Gelumpe erfinden, was man gar nich gebrauchen kann.

Dann habense wieder ne Rakete, da rammelnse zum Mond ruff, na, des sieht doch …?

BÖLKE: Jaja, jaja.

COHRS: Dauernd kommt da oben eener angehäggert, denkste, das passt denen?

BÖLKE: Ja, es wird natürlich einen Grund haben.

COHRS: Freilich hats 'n Grund. Weeßte, warum die dauernd zu dem Mond rufframmeln? … Na weil, weil …

BÖLKE: Was denn?

COHRS: Die werden gehört haben, dass der Mond 'n Hof hat, da wollnse ne LPG draus machen.

Ein bleeder Heini (2)

Das fängt schon wieder gut an. Nischt wie Ärger heute. Ich treff meinen Freund Paul, ich sage: Mänsch, Paul, sage ich: Na, wir haben uns ja lange nich gesehn.

Sagt er: Hör uff, der Staat hat mich eingesperrt, wegen Konkurrenzneid.

Ich sage: Wegen Konkurrenzneid?

Sagt er: Ja, die haben festgestellt, dass sie dieselben Zwei-Mark-Stücken machen wie ich.

Und da freut der sich ooch noch! Ich sage: Da freust du dich?

Da sagt er: Doch wegen was ganz anderem. Ich hab da so een kleenes Wochenendhaus, und die Nacht war ein Sturm, hats das Haus weggeweht. Sie haben es bis jetzt noch nicht gefunden.

Ich sag: Und da lachst du ooch noch?

Sagt er: In dem Haus war doch meine Schwiegermutter!

Und am Sonntag hab ich mich geärgert. Ich komme

nach Hause, ich denke: Guckste mal durchs Schlüsselloch. Guck ich durchs Schlüsselloch, sitzt doch meine Frau mit een fremden Kerl uff'm Sofa.

Ich sag: Haste ihn verhauen? – Nö! – Lässte dich scheiden? – Nö! – Ich sage: Was haste denn gemacht? – Na, 's Sofa verkooft.

Das ist ä bleeder Heini, gloob mir das. Jetzt hat er ooch noch 'n Triller unterm Pony, neuerdings, ja. Der macht, nach jedem Wort, macht der jetzt »Pfeif«.

Gestern kommt er zu seiner Frau, sagt er: Liebe Emma (Pfeif), du wirst lachen (Pfeif), der Kohlenkeller muss frisch tapeziert werden. Sagt seine Frau: Mein lieber Paul, ich kann mir nich helfen, das verdammte (Pfeif) macht mich ganz verrückt! Geh zum Arzt, lass das (Pfeif) wegmachen.

Mein Freund geht zum Arzt, sagt: Lieber Doktor (Pfeif), meine Frau sagt (Pfeif), das (Pfeif) muss weg.

Sagt der Arzt: Setz dich hin, macht dreimal Hokuspokus, sagt: Steh uff, sprich bei frischer Luft. Gott sei Dank (Guck), das (Pfeif) ist weg.

Wie er nach Hause kommt, sagt er zu seiner Frau: Liebe Emma (Guck), du wirst lachen (Guck), das (Pfeif) is weg.

Seine Frau: Mein lieber Paul, ich kann mir nich helfen, das verdammte (Guck), das macht mich genauso verrückt wie das (Pfeif). Geh zum Arzt, lass dir das (Guck) ooch noch wegmachen.

Mein Freund geht zum Arzt, sagt: Lieber Doktor (Guck), meine Frau sagt (Guck), das (Guck) muss weg.

Sagt der Arzt: Setz dich hin, macht dreimal Hokuspokus, sagt: Steh uff, sprich ... Mein Freund steht uff, sagt: Gott sei Dank (Pfeif), das alte Leiden is wieder da.

Jetzt hab ich mir noch een Gedicht zusammengemärt, das ist sogar zeitnah, handelt von der Arbeit:

Morschen, Morschen, nur nicht heute
sagen alle faulen Leute.
Darum heute, nich erscht Morschen,
geh ich zwanzsch Mark mir borschen!

Szenarium

COHRS: Soll ich was singen, oder wollt ihr was essen? Sie haben sicher gedacht, jetzt kommt so'n scheener großer Conférencier ... und dann kommt so ne kleene vermatschte Himbeere. Die Großen haben gesagt: Schickt erscht mal den Kleenen raus, dann können wir's Programm noch ä bissel steigern. Ich hab mir heute früh im Bette schnell noch ä Gedicht zusammengemärt: »Der Frühling!«

(Feuerstein betritt die Bühne und zieht sich dabei schnell sein Sakko an.)

FEUERSTEIN: Ich bin noch gar nicht so weit!

COHRS: Haste wenigstens die Hosen an?

FEUERSTEIN: Die haben mir hinten gesagt, es ist noch gar nicht so ...

COHRS: Haste Sauerkraut gegessen?

FEUERSTEIN: Aber wieso denn?

COHRS: Du sprichst so verfitzt. Ich hab schon alles fertig, ich hab schon mit die Leute gesprochen. Ich mache ä Gedicht: »Der Frühling!«

FEUERSTEIN: Ach, jetzt im Winter ...

COHRS: Nuja. Das hab ich mir heute früh im Bette zusammengemärt.

FEUERSTEIN: Kann man im Bett denn dichten?

COHRS: Nu freilich kannste im Bette dichten. Musste die Beene bissel hochlegen. Alles, was du hast, rollt dann in der Birne zusammen. Bei mir ist der kleene »Frühling« zusammengerollt.

FEUERSTEIN: Ha! Da dichten Sie neuerdings. Einen kleinen Goethe will er markieren.

COHRS: Goethe? Was ihr immer mit dem Goethe habt! Lass doch die Kleenen ooch mal zu Worte kommen! Immer mit'm Goethe … Außerdem: Im »Weißen Rössel« hab ich mehr gelacht als bei der »Jungfrau von Orléans«.

FEUERSTEIN: Die »Jungfrau von Orléans« ist von Schiller und nicht von Goethe.

COHRS: Na, sonst wär se ooch keene Jungfrau mehr.

(Feuerstein fasst Cohrs' Jackett an.)

COHRS: Fummel mir nicht dauernd am Chemisette rum!

FEUERSTEIN: Haha, der große Dichter hat schon drei Fettflecke auf dem Revers.

COHRS: Drei Fettflecke? Das is von der Fresserei. Drei Fettflecke. Na und! Haste noch nischt von der stillen Reserve gehört?

FEUERSTEIN: Wie Sie überhaupt aussehen?

COHRS: Fummel mir nich off'm Kreuze, du alter Platsch! Was iss'n nun widder?

FEUERSTEIN: Lauter Sägespäne haben Sie hier.

COHRS: Was hab ich? Sägespäne?

FEUERSTEIN: Natürlich!

COHRS: Gucke mal nach! Vielleicht haste ä Loch im Kopp.

FEUERSTEIN: Herr Cohrs, so lass ich mich nicht titulieren!

COHRS: Titulieren? Wir können ja ma rausgehen mit die Revolver, da können wir uns titulieren, horschemal. Da sieht dein Bauch hinterher aus wie ein Schweizer Käse. Also pass off …

FEUERSTEIN: Sie meinen wohl duellieren?

COHRS: Das können wir außerdem noch machen! … »Der Frühling!«

FEUERSTEIN: Eine Frage mal …

COHRS: Lass mich doch erscht mal den »Frühling« machen. Wenn eener immer dazwischenheggert, da kann ich ja nischt machen. Meine Fresse, ich komm ja gar nich in die Rolle hier!

FEUERSTEIN: Ich wollte wissen, ob Sie das frei gemacht haben.

COHRS: Nein, nicht frei, früh. Früh im Bette, früh.

FEUERSTEIN: Hatten Sie ein Szenarium für das Gedicht heute Morgen im Bett?

COHRS: Ob ich was hab?

FEUERSTEIN: Ein Szenarium.

COHRS: Zum Gedicht? Ein Szenarium?

FEUERSTEIN: Hatten sie eins?

COHRS: Ja, ja. Ich hatte eins. Also, ä Szenarium, na ja …, das war so: Ich war heute früh im Bette und da … Das Szenarium? Das musst du dir so vorstellen … sozusagen … gewissermaßen … quasi … Also das Szenarium, ja, das hatt ich. Ach, ä Szenarium? Ja, das kommt mit drinne vor.

FEUERSTEIN: Ich merke schon, sie wissen überhaupt nicht, was ein Szenarium ist.

COHRS: Ich bin doch nicht dämlich, horschemal, da kannste ja ä Schulkind fragen. Ä Szenarium, das is … is … is … Sage ma, ä Szenarium? Kommt das nich in die Leberwurscht? Ach nee, das war ja Majoran. Lass mich mit deinem bleeden Szenarium und geh mal ä bissel zurück. Du machst mit deiner Birne einen Haufen Schatten offs Papier …

»Der Frühling
Geh immer lachend durchs Leben,
drückt dich auch der größte Schmerz.
Aus einem traurigen Hintern,
kommt nie ein fröhlicher Ferz.«

Eberhard als Quizmaster

BÖLKE: Schlager, Schlager, Schlager. Sie haben sich in unser Privatleben eingeschlichen. Sehen Sie, wir machen morgens die Augen auf, wir werden geweckt. Was hören wir als Erstes aus dem Radio? Schlager! Zwischendurch die Zeitansage. Was hören wir zur Frühstückspause? Schlager, garantiert! Was hören wir zur Mittagspause? Schlager! Wenn die Mittagspause vorbei ist … Ruhe da oben! Was ist denn los?

COHRS: Ha, da guckste, was? Pass off, du!

BÖLKE: Da guck ich. Hoi, hoi! Was ist denn?

COHRS: Ha, der hat mich eingesperrt in der Garderobe!

BÖLKE: Damit du mich nicht störst!

COHRS: Du bist wohl mit der Muffe gebufft?

BÖLKE: Moment, Moment, Moment, ja.

COHRS: Du kannst mich doch nich in der Garderobe einfach einsperren!

BÖLKE: Da will ich mal fragen, wie kommst du denn da überhaupt raus?

COHRS: Ich habe … der Garderobenfrau hab ich fünf Mark gegeben.

BÖLKE: Aha.

COHRS: Und da hat die mich sausen lassen …

BÖLKE: Aha, das ist ja sehr interessant.

COHRS: Das ist interessant?

BÖLKE: Die hat die fünf Mark genommen?

COHRS: Nu, die hätte ooch zehne genommen, wenn ich sie gegeben hätte!

BÖLKE: So, weißt du denn, dass sie sich damit strafbar gemacht hat?

COHRS: Es war ja mein erschter Gedanke! Ich sagte: Du meene Fresse, die macht sich ja strafbar! Deswegen hab ich ihr die fünf Mark auch gleich widder weggenommen. … Und jetzt hab ich sie eingesperrt.

BÖLKE: Ach, du ahnst es … Und was willst du hier bitte?

COHRS: Ich habe gedacht hier, der Herr Sportpalast, der hat gesagt: Hier tunse hier mal 'n bissel hier zwischenrummärn. Und da hab ich gedacht, wir könnten vielleicht was zusammen machen, irgendwie.

BÖLKE: Aha.

COHRS: Ich möchte auch gerne mal so'n bissel, so'n bissel Ansager werden. So'n bissel die Leute verkohlen, so'n bissel.

BÖLKE: Also, Eberhard, das ist nichts für dich. Ach, ein Ansager muss vor allen Dingen …

COHRS: … ä Bauch haben.

BÖLKE: Ach, er muss keinen Bauch haben. Ein Ansager muss vor allen Dingen über eine gewisse Allgemeinbildung verfügen!

COHRS: Ach, ich bin dämlich!?

BÖLKE: Das habe ich ja nicht gesagt!

COHRS: Was!

BÖLKE: Nein, er muss von vielen Dingen etwas wissen. Er muss reihum gebildet sein. Er muss, mit einem Wort, beschlagen sein.

COHRS: Ach, bekloppt? Ja …

BÖLKE: Ach, Eberhard, ich merke, man kann sich nicht unterhalten. Du hast wieder Blödsinn im Kopf.

COHRS: Davon leb ich ja!

Bölke: Pass mal auf Eberhard, eine Frage. Es hat so doch jeder im Leben mal Gedanken, was er hätte werden wollen.

COHRS: Ich, ich wollte eben gerne hier …

BÖLKE: Eismann … oder hier.

COHRS: Ne, ich wollte keen Eismann werden. Ich wollte so hier uff der Bühne bissel so, so eben so. Quizmeester oder so was. Haste nich ä Rätsel für mich?

BÖLKE: Aha, ha.

COHRS: Ich mache doch so gerne Rätsel, so. Rätsel, das is ja meine Spezialstrecke. Mit meine Rätsel hab ich ja schon ganze Völkerstämme verrückt gemacht!

BÖLKE: Oh, ja.

COHRS: Haste nich irgend eens so mit'n Henkel?

BÖLKE: Nein, also bitte!

COHRS: Haste keens mit'n Henkel?

BÖLKE: Bitte, lass den Henkel aus dem Spiel! Wir machen heute eins ohne Henkel. Pass auf. Machen wir ein ganz einfaches. Sagen wir mal, es ist klein, …

COHRS: … es ist klein?

BÖLKE: Ja.

COHRS: Geht das gegen mich?

BÖLKE: Nein, es geht …

COHRS: … das du jetzt nich anfängst zu stänkern!

BÖLKE: Nein, warte doch mal ab. Es ist klein …

COHRS: … und hat ä Henkel?

BÖLKE: Nein. Es hat keinen Henkel! Also, es ist klein, es fliegt durch die Luft.

COHRS: Und hat einen Henkel.

BÖLKE: Nein, es hat keinen Henkel. Es ist klein.

COHRS: Es ist klein.

BÖLKE: Es fliegt durch Luft.

COHRS: So?
BÖLKE: Ja, und ist verchromt.
COHRS: Kleen und verchromt? Hat doch widder eener was versaut!
BÖLKE: Na, bitte!
COHRS: Und das is ä Rätsel?
BÖLKE: Das ist ein Rätsel.
COHRS: Das weeßt du genau? Haste dich da ooch nich anschmieren lassen?
BÖLKE: Es ist klein, …
COHRS: Haste nich was anderes?
BÖLKE: Nein, nein. Es ist klein, fliegt durch die Luft …
COHRS: Was!
BÖLKE: Na, was ist es denn, bitte? Also, ich muss es dir sagen. Es ist an sich ganz einfach, Eberhard.
COHRS: So?
BÖLKE: Ein Maikäfer! Aber in Exportausführung! Haha.
COHRS: Ooch! Das, das is ja een Idiotending, is das ja, horschemal! Das soll ä Rätsel sein? Es is ja een ganz dämliches Ding! Mänsch, da könnt ich ja genauso gut sagen, geht übers Dach und rasselt. Das is ja genauso bleede! Geht übers Dach und es rasselt, na? Kriegste ooch nich raus! Na, na, na?
BÖLKE: Nu, warte es doch mal ab! Moment mal …
COHRS: Na, es is ganz einfach!
BÖLKE: Na, bitte, was ist es denn?
COHRS: Ganz einfach. Geht übers Dach und rasselt … Das weeßt du nich?
BÖLKE: Nein!
COHRS: Das is ganz eenfach. Das is ’n Sperling mit Schneeketten … Bin ich jetzt Quizmeester?
BÖLKE: Ach, Quizmaster, mit solch albernen Rätseln kannst du nicht Quizmaster werden! Vernünftig …

COHRS: Ja, da … was anders möchte ich …
BÖLKE: Nimm mal etwas anderes, ja, was noch?
COHRS: Ä Zauberkünstler, hier so'n bissel, hier was wegmärn …
BÖLKE: Ah, Eberhard, Zauberer … als Zauberer musst du jahrelang üben!
COHRS: Ja, ich kann ja zaubern! Ich hab vor zwee Jahren schon Sachen verschwinden lassen, die suchense heute noch!
BÖLKE: Ja, hahaha, ja.
COHRS: Oder eene Giraffe, ja. Eene Giraffe möcht ich sein!
BÖLKE: Wieso das, eine Giraffe?
COHRS: Giraffe!? Das is doch das Scheenste, was es gibt.
BÖLKE: Wieso?
COHRS: Eine Giraffe? Gibt ja überhaupt nichts Besseres!
BÖLKE: Warum?
COHRS: Nu, stell dir mal vor. Ä doppelter Kognak und dann der Hals!

Herr Ober (2)

BÖLKE: Ist denn hier kein Ober in dem Laden, wie lange soll ich denn noch herumsitzen? Ich muss ja sehen, dass ich weiterkomme.
COHRS: So was Unhöfliches hab ich ja noch nie erlebt. Kriegst gleich ne Richtige gedonnert. So ein offgeregtes Hemde.
BÖLKE: Sind sie der Ober hier?
COHRS: Haste gedacht, ich bin Straßenbahnschaffner, oder was? Was is denn nun mit der Fresserei? So was Unfreundliches!

BÖLKE: Sie sehen ja gar nicht aus wie ein Ober.

COHRS: Ich sehe nicht aus wie ein Ober? Ich hatte keene Zeit, mich vollzukleckern. Wenn ich sage: »Ich spiele 'n Ober«, spiel ich 'n Ober.

BÖLKE: Sind sie denn bloß allein hier?

COHRS: Wir warn ma zweeje.

BÖLKE: Wo ist der andere?

COHRS: Den andern ham wir rausgefeuert.

BÖLKE: Warum denn?

COHRS: Der hatte Schüttelfrost. Der hat die ganze Brühe verschweppert. Durch den Schüttelfrost hat er alles drüber weggefeuert. Wenn der Nudeln gebracht hat, hat er die Leute angeputzt wie einen Weihnachtsmann. Eenmal hat er Spinat gebracht: klack, klack, klack, klack! Da haste gedacht, dreißig Kühe sind im Galopp durch …

BÖLKE: Kann denn der Mann jetzt gar nichts mehr machen?

COHRS: Jetzt isser off'm Bau, jetzt muss er Sand sieben!

BÖLKE: Interessiert keinen Menschen, ich will hier was essen.

COHRS: Da ham wir Nudeln oder Hering, Herz, Nierchen, Gulasch …

BÖLKE: Herz nicht, nein.

COHRS: Süß-sauer?

BÖLKE: Das Herz ist ja so ein wabbeliges Zeug.

COHRS: Na, machen wir ne Mehlschwitze dran. Wir machen immer ne Mehlschwitze dran.

BÖLKE: Ich mag Herz nicht essen, das Herz ist eine Pumpe, die den ganzen Tag das Blut durch den Körper pumpt. Bei dem Gedanken …

COHRS: Das Herz pumpt?

BÖLKE: Ja, es hat die Funktion einer Pumpe.

COHRS: Das heeßt gar nich mehr Herz? Man sagt jetzt Pumpe? Da werdn aber die Schlagersänger gucken, wenn sie singen müssen: »Dein ist meine ganze Pumpe« … Wenn es Herz heeßt, heeßt es Herz! Das kann man ja nich singen: »Ich hab meine Pumpe in Heidelberg verlorn.« Wenn es Herz heeßt, heeßt es Herz! Der macht mich verrückt, gloobste das! Nehm wir was andres? Wir haben ja noch mehr.

BÖLKE: Hier! Verlorene Eier.

COHRS: Die werden so kleen sein, dass wir sie suchen müssen. Inner Gaststätte isst man ja ooch keene Eier.

BÖLKE: Nehmen wir was anderes. Hier zum Beispiel. »Der Küchenmeister empfiehlt«.

COHRS: Das nehmen wir.

BÖLKE: »Lied ohne Worte«. Was ist denn das?

COHRS: Nu, das werden Erbsen sein.

BÖLKE: Also bitte, dann lassen wir das.

COHRS: Wir haben ja noch mehr. Een Eintopp nimmt man ja ooch nich, wenn man inner Gaststätte isst.

BÖLKE: Vielleicht nehmen wir mal was ganz Ausgefallenes. Wie wäre es denn hier vielleicht mit …

COHRS: Sehr scheen, sehr scheen.

BÖLKE: Na, Moment mal. Crème de … Crème de Brisau. Was ist denn das?

COHRS: War gestern noch gar nich druff.

BÖLKE: Es steht doch hier!

COHRS: Das wird so was Französisches sein. Wahrscheinlich habense wieder 'n Hund überfahren. Ich bin doch nich der Koch. Ich mär das doch nich zusammen.

BÖLKE: Was heißt denn nun Crème de Brisau? Sie sind doch der Ober, Sie müssen es doch wissen!

COHRS: Ich bin doch nicht dämlich, horschemal! Crème de Brisau. Das is ja … Brisau-Crème.

BÖLKE: Ich will wissen, was heißt denn hier Brisau?

COHRS: Brisau, das wird 'ne gebrühte Sau sein.

BÖLKE: Also kommse, wollen wir uns nicht rumstreiten. Nehmen wir was anderes. Das hier kann zum Beispiel gar keiner lesen.

COHRS: Keiner lesen? Dann friss doch was, was du lesen kannst. Der is ja unhöflich.

BÖLKE: Das ist ja ein Ton hier! Streiten wir uns nicht rum. Bringen Sie mir Huhn!

COHRS: Huhn geht nich, weil die Henne is heut nich uff'm Posten.

BÖLKE: Ich möchte gern Huhn essen.

COHRS: Aber der Henne is heute nich so. Wir können ja ooch was andres ... das nehmen wir! Oder das! Nee, hier, gugge! Das nehmen wir!

BÖLKE: Wir nehmen gar nicht das oder das oder das! Ich esse ja das, was ich essen will!

COHRS: Bei uns wird gefressen, was weg muss!

BÖLKE: Erlauben Sie mal! Was ist denn das für eine Art und Weise!

COHRS: Das Huhn steht schon 14 Tage off der Karte.

BÖLKE: Ja, warum denn?

COHRS: Das Luder lässt sich nich fangen. Ich kann nich den ganzen Tag hinter der Henne herfeuern.

BÖLKE: Wenn man schon mal in einer Gaststätte was essen will!

COHRS: Na, iss doch zu Hause, du Pinsel. Ihr habt wohl keenen Löffel?

BÖLKE: Also das ist ja eine Bedienung! Ich bin so langsam am Ende meines Verstandes.

COHRS: Das war aber keen langer Weg.

BÖLKE: Ich bin satt, bis oben ran!!

COHRS: Satt biste? Da krieg ich fünf Mark vierzig.

BÖLKE: Also kommse, nun bringen Sie wenigstens was zu trinken.

COHRS: Nu, freilich haben wir was zu trinken. Musst ja nich trocken runterrammeln.

BÖLKE: Na bitte!

COHRS: Wir nehmen Milch. Milch beruhigt.

BÖLKE: Ich will nicht beruhigt werden, ich bin kein Baby. Bringen Sie was Richtiges.

COHRS: Aber die Kuh hat ein sehr flottes Euter … Nehmen wir Naturwein, een scheenen Naturwein.

BÖLKE: Echten?

COHRS: Echten? Den kannste ja künstlich gar nich so sauer herstellen. Oder ä Pilsener? Wir nehmen ä Pilsener.

BÖLKE: Nein, nein. Das ist ein paar Pfennige teurer als Ihr Helles und schmeckt noch mieser.

COHRS: Das ist doch gar nich möglich, das is doch beedes aus'm selben Fasse. Nur stänkern! Alkohol is gar nich gut.

BÖLKE: Das will ich ja nicht wissen.

COHRS: Gestern warn hier zweeje so besoffen, den ihr'n Kopp hab ich bloß noch ganz verschwommen gesehen. Und das Scheenste: In ihrer Besoffenheit, da habense dann gebläkt … das habense dann gesagt … nu, die werdn's gesagt haben, weil sie blau waren, sonst hätten sie sich's ja gar nich getraut zu sagen … Also, ich sage dir … na, recht habense ja … du kannst nicht off eenmal so'n Ding losfeuern, bloß weil du eenen in der Krone hast.

BÖLKE: Was haben sie denn gesagt?

COHRS: Weeßte, was die gesagt haben?

BÖLKE: Ich weiß es ja nicht.

COHRS: Da habense gesagt … das hältste nich für möglich … die werdn's gesagt haben, weil sie blau warn, sonst hätten sie's gar nich gesagt …

BÖLKE: Zum Donnerwetter! Was haben sie denn gesagt?

COHRS: Was sollen sie denn gesagt ham? »Prost!« habense gesagt.

Was ganz Wichtiges

COHRS: Mänsch, was ganz Wichtiges, was ganz Wichtiges …

FEUERSTEIN: Was ist passiert?

COHRS: Ich bin ja überlastet, horschemal.

FEUERSTEIN: Was?

COHRS: Das muss ich dir erzählen. Ich muss ja zu Hause alles machen, den ganzen Haushalt: die Treppe, Kessel Buntes, Kanarienvogel baden. Alles muss ich machen!

FEUERSTEIN: Sie machen den Haushalt?

COHRS: Na freilich!

FEUERSTEIN: Haha, können Sie kochen?

COHRS: Mänsch, ich mach ja schon seit sechs Monaten een Kochkurs, seit sechs Monaten!

FEUERSTEIN: Ja, da müssen Sie ja allerhand gelernt haben?

COHRS: Nuja, kochen könn' wir noch nich. Wir sind ja erscht beim dialektischem Materialismus.

FEUERSTEIN: Na, was machen Sie denn da?

COHRS: No, mir stricken. Ach, mir stricken ja den ganzen Tag. Eene Masche donnern wir 'nunter, zweeje haunma hoch und dann wirbeln wir so immer so'n bissel zusammen.

FEUERSTEIN: Im Kochkurs stricken?

COHRS: Nuja …

FEUERSTEIN: Wo haben Sie denn die Wolle her?

COHRS: Nich mit Wolle! Mir probierens erscht mit Fadennudeln. Vorige Woche zum Beispiel hab ich mir een Pullover gestrickt. … Gestern haben wir 'n Ärmel gegessen.

FEUERSTEIN: Sonst können Sie nichts kochen?

COHRS: Äh, ä bissel kann ich schon.

FEUERSTEIN: Wasser, haha, Wasser?

COHRS: Was heeßt hier Wasser? Das is ja meine Spezialität! Wasser! Hab ich ja noch nich eenmal anbrennen lassen! Ich koch immer 'n großen Kessel Wasser. Da brauch ichs den nächsten Tag bloß anwärm.

FEUERSTEIN: Sooo …

COHRS: Abern bissel kann ich schon. Ich mach doch immer meiner Frau ihrn Lieblingssalat.

FEUERSTEIN: Was für ein Salat?

COHRS: Ihren Lieblingssalat! … Na, musste nen bissel was zusammenmärn, no? Da nehm ich immer so'n kleen Napp und dann tu ich in der Mitte so'n bissel Kalbfleischwürfel 'nein und dann bissel Leber drumrum. Dann quetsch ich ne Appelsine 'nein. Und dann nimmste ne Banane, wie so'n Stamm, weeßte? In der Mitte Nüsse und immer Kaffeesahne, immer Kaffeesahne, weil sonst is das so trocken, sonst rutscht das ja nich.

FEUERSTEIN: Und den Salat haben Sie gestern gemacht?

COHRS: Ja, das heeßt, wir wollten den machn. Aber dann haben wir uns doch lieber für ne Haferflockensuppe entschieden.

FEUERSTEIN: So, haben Sie eine moderne Küche, so mit Strom?

COHRS: Ja, ne Küche haben wir. Ja, elektrischen Strom haben wir.

FEUERSTEIN: Ach, elektrischen Strom … auch so Volt oder 110 Watt oder …?

COHRS: Was haben wir! Wir haben een bissel was gekooft so für die Küche …

FEUERSTEIN: Nein! Ich meine, haben Sie oben vielleicht …

COHRS: … ne, ne, unten haben wir de Leitung, unten!

FEUERSTEIN: Ach! Also man sagt doch immer so Ohm und Volt, oder haben Sie das nicht zu Hause?

COHRS: Nee, ich hab des Gefühl, du hast vonner Elektrizität überhaupt gar keen blassen Schimmer!

FEUERSTEIN: Ja, viel nicht, aber …

COHRS: Na, komm, ich werd dir das mal erläutern.

FEUERSTEIN: Wissen Sie Bescheid?

COHRS: Ja, ich weeß ja alles … Pass off! Zum Beispiel, da gibts Gleichstrom.

FEUERSTEIN: Ja …

COHRS: Das ist der Strom, der muss gleich bezahlt werden.

FEUERSTEIN: Ja …

COHRS: Dann gibts Wechselstrom, den kannste ooch mit'n Wechseln bezahlen. Und dann gibts Schwachstrom. Das is der Strom, da kocht die Mitropa ihren Kaffee mit. Und wir, wir haben Drehstrom.

FEUERSTEIN: Drehstrom?

COHRS: No, das is der Strom, da dreht sichs darum, ob überhaupt bezahlt wird.

FEUERSTEIN: Und da haben Sie viele so moderne Geräte, so?

COHRS: Jaaa, wir haben ja sogar elektrische Schuhanzieher! Alles haben wir! Ach und vorige Woche haben wir uns een Mixer gekooft. Een neuen Mixer!

FEUERSTEIN: Schon mal genommen?

COHRS: Ach, der is schneller wie een Quirl!

FEUERSTEIN: Ja …

COHRS: Den haben wir hingesetzt, des erschte Mal ausprobiert. Und dann hab ich zwee Liter Heedelbeersaft ’nein …

FEUERSTEIN: Was für ein Saft?

COHRS: Heedelbeersaft.

FEUERSTEIN: Was ist denn das?

COHRS: No, du kannst ooch Heidelbeersaft sagen.

FEUERSTEIN: So.

COHRS: Und zwee Liter Spinatsaft und zwee Liter Tomatensaft und dann noch zwee Eigelb. Und dann hab ich ihn angestellt.

FEUERSTEIN: Und dann?

COHRS: Dann haben wir die Küche neu streichen lassen.

FEUERSTEIN: Haha.

COHRS: Und das Scheene is, das eene Eigelb, das suchen wir heute noch!

FEUERSTEIN: Und das andere?

COHRS: Das haben wir gefunden.

FEUERSTEIN: Und wo war es?

COHRS: Das hing beim Großvater im Barte.

FEUERSTEIN: Haha, dann machen Sie alles zu Hause …

COHRS: Alles mach ich! Alles mach ich!

FEUERSTEIN: Staub wischen … alles?

COHRS: No, ich hab ja ’n großes Staubtuch. Na, da hab ich ja gestern damit zehn Fliegen totgschmettert mit een Wipper.

FEUERSTEIN: Nun, geben Sie bloß nicht so …

COHRS: Ja, zehn Stück! Acht Männchen und zwee Weibchen.

FEUERSTEIN: Das kann man ja gar nicht unterscheiden.

COHRS: Das seh ich uff een Anhieb, horschemal. Achte saßen am Bierglas und zweeje am Spiegel!

FEUERSTEIN: Da schmeißen Sie den ganzen Haushalt?

COHRS: Na, muss ich ja, no?

FEUERSTEIN: Und Ihre Frau?

COHRS: No, wir haben das gleich so ausgemacht. Ich hab gesagt: Also, pass mal uff. Die großen Sachen in unserer Ehe, die entscheide ich!

FEUERSTEIN: Richtig!

COHRS: Und die kleenen Sachen, die entscheidest du!

FEUERSTEIN: Und das klappt?

COHRS: Ja, wir sind jetzt so acht Jahre verheiratet. Und wir hatten bis jetzt nur kleene Sachen.

FEUERSTEIN: Und wenn Sie mal was Kleines kriegen werden?

COHRS: Ach, das is ja meine Spezialität. Der Kleene kommt den ganzen Tag uff'n Topp, und wenn er mal muss, nehm ich ihn runter.

FEUERSTEIN: Hohoho, Sie haben keine Ahnung von Kinderpflege ... Ich will Sie mal Windeln waschen sehen!

COHRS: Was heißt hier Windeln. Wer wäscht denn heute noch Windeln?

FEUERSTEIN: Das muss ja sein!

COHRS: Kein Mensch wäscht mehr Windeln. Der Kleene kriegt Trockenmilch, und hinterher wird er abgestiebt!

FEUERSTEIN: Na, schaffen Sie sich erst mal einen Hund an. Da haben Sie genügend Arbeit.

COHRS: Wir haben doch 'n Hund!

FEUERSTEIN: Ach, Sie haben einen Hund?

COHRS: Een Hund, nen Papagei, een Uhu haben wir ...

FEUERSTEIN: Uhu?

COHRS: Ja, wir wohnen een bissel abseits, no, und da musste ja vorsichtig sein. Nachts ...

FEUERSTEIN: ... da brauchen Sie einen Uhu ...

COHRS: Ja! Der Uhu sieht doch im Finstern, wenn mal

Einbrecher kommen … Und da sieht er den Einbrecher und weckt den Papagei. Und der sagt dem Hund, dass er bellen soll.

FEUERSTEIN: Hören Sie das nicht?

COHRS: Nuja, ich schon. Aber meine Frau, die hört so schwer, no … Die hört ja fast gar nischt. Die hört ja … ach, die … gestern hatse die Stube gewischt, hatse überhaupt nich gemerkt, dass sie uff der Katze kniet.

FEUERSTEIN: Würde ich mal zum Arzt gehen mit ihr.

COHRS: Nun, ich bin ja dauernd mit der beim Arzt, no. Die hat dauernd was zu gaggern, no. Da hat sie widder Holz gehackt. Hatse 'n Stück von der Nase und die große Zeehc abgehackt.

FEUERSTEIN: Ist ja schrecklich!

COHRS: Und der Arzt hat sie ooch noch verkehrt rum angenäht. Jedes Mal, wenn sie liest, fliegt mir der Latsch an den Kopf … Die hat lauter solch dämlichen Angewohnheiten. Dann isse widder im Bette und behält dauernd die Brille uff.

FEUERSTEIN: Die Brille? Warum denn das?

COHRS: Nu, sagt sie, da seh ich besser, was ich träume. Und die träumt ein Mist zusammen. Vorige Nacht hat sie geträumt, sie wär ä Pferd.

FEUERSTEIN: Ein Pferd?

COHRS: Nu. Heute früh wach ich uff, hat sie die halbe Matratze leergefressen.

FEUERSTEIN: Also, jetzt reicht es mir aber. Ich bin am Ende meines Verstandes!

COHRS: Tche, he, du willst doch nich sagen, dass das een langer Weg war?

FEUERSTEIN: So eine Frechheit! Sie machen Ihre Frau hier schlecht … Ich werde Ihnen was sagen. So blöde wie Sie kann doch einer gar nicht alleine sein!

COHRS: Ich hab ja noch 'n Bruder ...

FEUERSTEIN: Na, das beruhigt mich. Ist der denn auch so blöde?

COHRS: Ach, der is ja noch viel bleeder.

FEUERSTEIN: Das gibt es doch gar nicht!

COHRS: Was, der is ja doppelt so bleede wie ich. Der is ja noch viel, viel, viel bleeder.

FEUERSTEIN: Ach, das gibts ja gar nicht. Noch blöder?

COHRS: Ja!

FEUERSTEIN: Ist der auch Komiker?

COHRS: Ne, Ansager.

Hallo Dr. Watson

Hallo, Dr. Watson, was ist schon wieder los?
Hallo Dr. Watson, na was haben Sie bloß?
Im Falle der Fälle, da bin ich zur Stelle.
Sie sind eben helle.
Dr. Watson, hallo.

Sherlock Holmes ist zwar ein großer Detektiv,
doch wenn ich nicht wär, ging jede Sache schief.
Ich bin der, der kombiniert und alles lenkt
und für den großen Meister meistens denkt.

Macht einer einen Mord,
den merk ich mir sofort,
für mich ist die Verbrecherjagd ein Sport.

Kombiniere, Benny wars. Kugelpfeifer peng.
Oh, da stand ja noch eener, Hauptsache Fall erledigt.
Hallo, Dr. Watson, was ist schon wieder los?

Hallo, Dr. Watson, na was haben Sie bloß?
Im Falle der Fälle, da bin ich zur Stelle.
Sie sind eben helle.
Dr. Watson, hallo.

Tante Mary ging zum Zahnarzt Dr. Smith,
der füllte ihr den Backenzahn mit Gift.
Doch ich hab das falsche Mitgift gleich erkannt
und schoss ihm seinen Bohrer aus der Hand.

Dann schlug ich ihn k.o.,
ich bin nun einmal so,
ich halte mein privates Weltniveau.

Hoppla, jeder K.o.-Schlag een Treffer,
jetzt muss er widder hinter seinen Kopp herloofen.
Hauptsache Fall erledigt.

Hallo, Dr. Watson, was ist schon wieder los?
Hallo Dr. Watson, na was haben Sie bloß?
Im Falle der Fälle, da bin ich zur Stelle.
Sie sind eben helle.
Dr. Watson, hallo.

In der Baker Street beginnt fast jeder Fall.
Er fängt an und endet immer mit'm Knall.
Denn am Anfang schießt der Mörder piff paff puff,
und am Ende brenn dann ich noch eene druff.

Ein Krimi ohne Schuss
ist wie Liebe ohne Kuss,
und zum Schießen ist das Ganze bis zum Schluss.
Schuss knallt, Kugel kommt,

mit zwee Fingern aufgefangen.
Blei is knapp, Hauptsache Fall erledigt.

Hallo, Dr. Watson, was ist schon wieder los?
Hallo, Dr. Watson, na was haben Sie bloß?
Im Falle der Fälle da bin ich zur Stelle.
Sie sind eben helle.
Dr. Watson, hallo.

Der Pfenn'g

Gestern koofte ich mir was,
Neunzehn Pfenn'g machte das.
Uff zwee Groschen kriegt ich bieder
Drum ä Pfenn'g vom Händler wieder.
Ich beguckte mit meinen Oogen
druff den Pfenn'g, der war verbogen,
Abgegriffen, ziemlich speckisch
Und die Jahreszahl ganz dreckisch
Warte, dacht ich, das will ich ergründen
Und dein Alter balde finden.
Mit ner Nadel still und stumm
Märt ich an dem Pfenn'ge rum,
Und da hat sich rausgestellt,
Dass der Pfenn'g und ich zur Welt
Sind im gleichen Jahr gekomm'
Und zusamm' ins Leben geschwomm'.
Traurich tat ich konstatiern,
Die Jahrzehnte ruinieren
Die Figur und ooch den Teint,
So beim Menschen wie beim Pfenn'g.

Das Traumhaus

Personen: Makler, Kundin
Dekoration: Maklerbüro, Schreibtisch mit zwei Telefonapparaten, Schreibtischstuhl, vor dem Schreibtisch ein attraktiver Besuchersessel, zwei Türen, neben der einen eine Sprechanlage

Ein Telefon klingelt, der Makler kommt in den Raum und nimmt den Hörer ab. Man hört aus dem Telefon eine aufgeregt schimpfende Stimme. Das zweite Telefon klingelt, der Makler legt den Hörer auf den Schreibtisch, man hört die Stimme weiter schimpfen – nimmt den zweiten Hörer ab und meldet sich:

MAKLER: Hallo – hier Maklerbüro »Frohes Heim«! Ah, ... Frau Müller! Na, wie war die Wohnung? ... zu klein! »Wohnklo« mit Kochnische ... *(hebt den ersten Hörer auf):* Sie haben vollkommen recht ... liebe Frau Lehmann. *(legt den Hörer wieder hin – das laute Schimpfen aus dem Hörer geht weiter; in den zweiten Hörer):* Wie klein oder wie groß ist denn die Wohnung? ... wenn Sie auf dem Klo sitzen, können Sie in der Küche die Suppe umrühren. *(lacht)* Das ist natürlich etwas zu klein, Frau Müller. *(nimmt den ersten Hörer wieder auf und sagt):* Aufgelegt! Keine Geduld die Menschen! *(in den zweiten Hörer):* Ich schick Ihnen weitere Angebote, Frau Müller! *(legt auf; die Sprechanlage meldet sich mit einem lauten Summton – spricht in die Sprechanlage):* Hallo – kommen Sie rein, die Tür ist offen.

Eine Frau kommt verschüchtert in den Raum.

KUNDIN: Entschuldigen Sie bitte ... bin ich richtig?

MAKLER: Ich hoffe, dass Sie »richtig« sind! *(lacht)* Wenn Sie eine Wohnung brauchen ... sind Sie richtig!

KUNDIN: Ich brauche keine Wohnung! Ich habe ein Haus geerbt, und das möchte ich verkaufen.

MAKLER: *(reibt sich die Hände)* Noch besser! Häuser verkaufen ist doch meine Spezialität! Ihr Haus ist schon so gut wie verkauft.

KUNDIN: Ich seh da einige Probleme …

MAKLER: *(unterbricht)* … Probleme kenn ich nicht! Ich verkaufe alles! Ich würde einem Bauern, der nur eine einzige Kuh hat, eine elektrische Melkmaschine verkaufen und würde die Kuh dabei noch in Zahlung nehmen. *(lacht)*

KUNDIN: *(verlegen)* Ja, aber … ich möchte keine Kuh, sondern ein Haus verkaufen.

MAKLER: *(überheblich)* Ich verkaufe es!

KUNDIN: Das wird nicht leicht sein. Eine furchtbare Bude! Ich möchte das Haus nicht geschenkt haben. Ich träume schon nachts von diesem »Affenkasten«! Das Haus ist für mich ein Alptraum.

MAKLER: Keine Angst – das schaffen wir! *(legt sich einen Schreibblock zurecht)* Also, notieren wir: Einmalige Gelegenheit! TRAUMHAUS! Und wie sind die Nachbarn?

KUNDIN: *(aufgebracht)* Nachbarn? Kein Aas wohnt da. Die Bruchbude steht völlig verlassen in einer Sandkuhle.

MAKLER: Also, schreiben wir: einmaliges Traumhaus – in ruhiger Lage – mit großem Strand.

KUNDIN: Das Unangenehme ist, vor dem Haus sind große Ölpfützen – da war mal ein Autofriedhof.

MAKLER: *(schreibt und buchstabiert dabei):* Auf dem wertvollen Grundstück wird Öl vermutet.

KUNDIN: *(erregt sich)* Was noch schlimmer ist! In dem Wald leben wilde Hunde, die bis auf das Grundstück kommen und alle beißen.

MAKLER: Schreiben wir: Die Tiere des Waldes kommen bis ans Haus.

KUNDIN: Dann ist noch ein großer Baum umgestürzt und hat die Hauswand durchgeschlagen und liegt mitten im Zimmer.

MAKLER: Enorm! Schreiben wir: Großer Wintergarten.

KUNDIN: Die Küchenwand ist auch eingestürzt, so dass man von draußen den Schornstein sieht.

MAKLER: Also, Außen- und Innenkamin.

KUNDIN: *(lacht hysterisch)* Das Dach müssten Sie mal sehn – kaum noch ein Dachziegel oben. Die Sonne scheint durch das Dach.

MAKLER: Also: Moderne Sonnenenergieheizung!

KUNDIN: Und wenn es regnet, regnet es oben rein.

MAKLER: Schreiben wir: Im Obergeschoss befindet sich ein zusätzlicher Duschraum.

KUNDIN: Auch der Keller steht unter Wasser.

MAKLER: Herrlich! In den unteren Räumen ein großes Schwimmbad.

KUNDIN: Die Heizkörper sind alle im Winter geplatzt – da spritzt das kochende Wasser raus.

MAKLER: Fantastisch! Schreiben wir: Eine heiße Heilquelle im Haus.

KUNDIN: Als ich die Haustür aufmachen wollte, fiel sie gleich nach draußen.

MAKLER: Auch gut! Moderne Schwingtür.

KUNDIN: Die Treppenstufen sind so ausgetreten, dass ich gleich die Treppe heruntergerollt bin.

MAKLER: *(buchstabiert)* Im Haus befindet sich eine Rolltreppe.

KUNDIN: In einem Raum fehlen die Fußbodenbretter, da muss man von Balken zu Balken springen.

MAKLER: Schreiben wir: Moderner Fitnessraum.

KUNDIN: Und wenn man im Keller hustet, hört man es unter dem Dach.

MAKLER: Also. Das Haus hat eine moderne Stereoanlage.

KUNDIN: Unter dem Haus hat sich der Boden gesenkt. Ich hoffe … das Haus rutscht nicht zusammen!

MAKLER: *(wiederholt)* … Boden gesenkt. Schreiben wir: Das Haus ist voll unterkellert.

KUNDIN: Sie wollen mir doch nicht erzählen, dass Sie so eine Bude loswerden!

MAKLER: *(reibt sich die Hände)* Warum denn nicht! *(nimmt seinen Schreibblock)* Lesen wir erst noch einmal unser Angebot. *(liest stark betont):* EINMALIGES TRAUMHAUS! Auf dem wertvollen Grundstück wird Öl vermutet. Die zahmen Tiere des Waldes kommen bis ans Haus. Das ruhige Haus hat einen gepflegten Wintergarten. Ein Außen- und Innenkamin runden das harmonische Bild ab. Das Haus besitzt eine moderne Sonnenenergieheizung – eine heiße Heilquelle – im Obergeschoss befindet sich ein zusätzlicher Duschraum. Das große Schwimmbad befindet sich in den unteren Räumen. Man betritt das Haus durch eine moderne Schwingtür – im Haus selbst ist eine Rolltreppe – das völlig unterkellerte Haus besitzt außerdem einen Fitnessraum und eine Stereoanlage. Das ganze …

KUNDIN: *(springt auf – rennt zur Tür)*

MAKLER: Wo wollen Sie denn hin? Wir sind noch nicht fertig.

KUNDIN: Nach Hause! In mein schönes Heim! Oder haben Sie vielleicht gedacht, dass ich so ein TRAUMHAUS verkaufe?!

Das Spiel des Jahres

Personen: Ehepaar, Einbrecher
Dekoration: gemütliches Wohnzimmer – eine attraktive Couch – gegenüber der Couch ein Fernsehapparat
Auf der Couch sitzt ein Mann, eine Flasche Bier in der Hand haltend. Seine Frau sitzt neben ihm und knabbert Nüsse.

MANN: Raschel nicht so!

FRAU: Warum bist du denn so aufgeregt?

MANN: Heute kommt Fußball! Das Spiel des Jahres! Also ... stör mich nicht.

FRAU: Ach du lieber Gott! Fußball! Na, da habe ich ja wieder einen langweiligen Fernsehabend. Ich verstehe doch nichts vom Fußball!

MANN: Wenn du nicht störst, erkläre ich dir alles!

FRAU: Erkläre mir lieber, warum ich überhaupt nichts mehr von dir habe! Du vernachlässigst mich!

MANN: *(winkt ab – hebt den Finger)*

Man hört die Sport-Erkennungsmelodie, die Ansage und Fußballatmosphäre.

FRAU: Wenn Fußball kommt, hörst du und siehst du nichts!

MANN: Ruhe! Es geht los!

FRAU: Da kommen ja drei Männer in Schwarz. *(lacht)* Die wissen anscheinend schon, dass es ein trauriges Spiel wird ... und für mich ein trauriger Fernsehabend!

MANN: Die drei sind die Schieds- und Linienrichter. Die tragen immer Schwarz! Jetzt haben sie angegriffen.

FRAU: Warum schreien die Zuschauer immer im Chor: Fischer – Fischer – Fischer! Sind das die Fischer-Chöre?

MANN: Fischer – das ist der Mittelstürmer! Jetzt zieht er

ab. *(zeigt nach vorn)* Pass auf! Jetzt ist er in Schussposition …

Ein Mann taucht in der Tür auf – Strumpf mit Augenlöchern über dem Kopf, Pistole in der Hand –, kommt näher, schaut über die Schulter des Mannes auf das Fernsehbild.

EINBRECHER: *(flüsternd)* Wie steht es denn?

MANN: 0:0! Hat gerade angefangen. *(dreht sich dabei gar nicht um)*

FRAU: Es soll das Spiel des Jahres werden.

EINBRECHER: Spielt der Fischer mit?

MANN: *(ohne aufzusehen)* Ruhe! Stören Sie nicht. *(winkt, der andere soll verschwinden)*

FRAU: Das wird ja wieder ein langweiliger Abend!

EINBRECHER: *(im Abgehn)* Na … dann will ich mal!

FRAU: Am Rande des Spielfeldes springt einer.

MANN: Das ist ein Reservespieler – der macht sich warm.

FRAU: Warm? Ach, davon kommt so was?!

EINBRECHER: *(kommt zurück, hat einen großen Sack, in dem er verschiedene Gegenstände verschwinden lässt).* Wie steht es jetzt?

MANN: *(winkt ab)* Psssst! Immer noch 0:0!

EINBRECHER: Ich kann das Sparbuch nicht finden!

FRAU: *(ohne hochzusehn)* Im Wäscheschrank.

EINBRECHER: *(taucht wieder unter)*

FRAU: Warum laufen die nicht schneller?

MANN: *(trinkt aus der Flasche)* Du Dussel! Die müssen doch beim Ball bleiben.

EINBRECHER: *(kommt wieder)* Noch kein Tor?

MANN: Beinah! Einmal hat Fischer ganz knapp vorbeigeschossen!

FRAU: Ja – knapp! Was so acht Meter ausmachen! Gott … ist das ein langweiliger Abend!

EINBRECHER: *(immer noch mit dem Blick auf den Bildschirm)* Haben Sie keine Silberbestecke?

MANN: *(ohne hochzusehn)* In der Kommode!

EINBRECHER: Danke! *(geht ab)*

FRAU: Was macht denn der da? *(zeigt nach vorn)*

MANN: Der trippelt!

FRAU: Wenn ich schwitze, trippelt es bei mir auch. Und der Fischer ist eingeschlafen?

MANN: Nein! Der lauert! Der wartet auf einen Pass!

FRAU: Ach – der will verreisen?

MANN: Da – da – da! Toooor! *(Torgeschrei aus dem Fernseher)*

EINBRECHER: Was war denn?

MANN: 1:0! Der Fischer hat den anderen einen reingeknallt!

EINBRECHER: Das war vorauszusehn! Haben Sie Bargeld?

FRAU: In der Küche! In der Zuckerdose.

EINBRECHER: *(taucht wieder unter)*

MANN: *(nimmt sich eine neue Flasche Bier)* Junge – war das ein Tor. *(stößt seine Frau vertraulich an)* Was sagst du dazu?

FRAU: So ein langweiliger Abend!

MANN: *(winkt ab)* Ruhe! Es ist Anstoß!

FRAU: *(zeigt nach vorn)* Da – da zeigt wohl einer die Lottozahlen?

MANN: Quatsch! Die wechseln die Spieler aus.

FRAU: Der neue Spieler tritt ja nach dem Schiedsrichter.

MANN: Nein – er zeigt ihm die Stollen.

FRAU: Ach – der hat ihm Kuchen mitgebracht? Mensch – ist das ein langweiliger Abend!

EINBRECHER: *(kommt, winkt der Frau, zieht sie von der Couch und verschwindet mit ihr durch die Tür)*

MANN: *(spricht immer weiter, als wenn die Frau noch da*

wäre) Flanke – ja, gut so! Hast du den Rückzieher gesehn? Fischer ist schneller! *(und so weiter)*

Man sieht nach einer Weile den Einbrecher mit dem Sack voller Diebesgut und seiner Garderobe über dem Arm aus der Wohnung verschwinden. Das Spiel ist aus – Siegesgeschrei. Der Mann springt auf, merkt erst jetzt, dass seine Frau nicht da ist, und ruft:

MANN: Elfriede! Das war ein Spiel ... nur ein Tor ... aber es war das Spiel des Jahres!

FRAU: *(kommt in das Zimmer, knöpft ihren Morgenmantel zu, richtet ihr zerwühltes Haar und sagt):* Du hast recht ... wie immer! Es war ein herrlicher Fernsehabend – ... *(verschämt)* ... und für mich war es auch das »Spiel« des Jahres.

Halbleiterpolisistoquenter

Personen: Professor (älterer Mann, besonders klein), sein ehemaliger Student (junger Mann, besonders groß)
Dekoration: Straße mit Bushaltestelle
Beide stehen an der Bushaltestelle und warten. Der Professor hat seinen Schirm zugeklappt. Der Schüler hat den Schirm aufgespannt.

PROFESSOR: *(schaut zu dem Schüler hoch)* Regnet es da oben ... bei Ihnen ... schon?

JUNGER MANN: *(schaut runter)* Ja ... es fängt gerade an.

PROFESSOR: *(spannt seinen Schirm auf)* Da wird es nicht lange dauern, und hier unten regnet es auch.

JUNGER MANN: *(devot)* Jawohl ... Herr Professor!

PROFESSOR: Kennen Sie mich?

JUNGER MANN: Der Herr Professor hat mich promoviert.

PROFESSOR: Ach … und was ist aus Ihnen geworden?

JUNGER MANN: Ich bin Halbleiterpolisistoquenter!

PROFESSOR: Halbleiter … was?

JUNGER MANN: Halbleiterpolisistoquenter.

PROFESSOR: Was ist denn das?

JUNGER MANN: Als Halbleiterpolisistoquenter … sorgen wir dafür, dass die Astronauten zum Mond kommen … wir fertigen die kleinen Metallhaken … den wichtigsten Teil der gesamten Raumforschung … ohne unsere Haken hätte noch kein Astronaut den Mond betreten.

PROFESSOR: Was Sie nicht sagen! *(kommt näher)*

JUNGER MANN: *(schaut vorsichtig nach beiden Seiten):* Ich dürfte nicht darüber sprechen … aber Ihnen sage ich es!

PROFESSOR: *(kommt noch näher)*

JUNGER MANN: Es ist so: Wenn man zum Mond will … braucht man eine Rakete … wenn man eine Rakete hat … braucht man eine Abschussrampe … wenn man eine Abschussrampe hat, braucht man einen Handwagen, um die Rakete zur Abschussrampe zu transportieren. Aber, für den Handwagen brauche ich natürlich einen Schuppen … damit ich den Handwagen nachts einstellen kann … damit er nicht geklaut wird.

PROFESSOR: *(beeindruckt)* Nicht möglich!

JUNGER MANN: *(rückt noch näher)* Und so ein Schuppen wird von Maurern gebaut. Damit die Maurer nun wissen, wann sie mit der Arbeit beginnen müssen, schreibt man die Zeit des Arbeitsbeginns auf einen Zettel … damit die Maurer nicht den ganzen Tag mit diesem Zettel herumlaufen müssen, hängen sie den erst einmal an einen Haken … und diese Haken stellen wir her.

PROFESSOR: *(reibt sich mit der Hand sein Kinn, schaut zu dem Mann hoch und sagt geheimnisvoll):* … und Sie wissen genau, dass ich Sie promoviert habe?

Der Friseur

Personen: Der Kunde, der Friseur
Dekoration: Das Innere eines Friseursalons. Der Friseurmeister geht durch seinen Salon und richtet seine handwerklichen Utensilien. Der Kunde betritt den Salon.

KUNDE: Morgen, Meester! *(grinst)* Da bin ich wieder.

FRISEUR: Na, vom großen Urlaub zurück?

KUNDE: *(reibt sich die Hände)* War wieder mal Spitze! Na ja, ich werde Ihnen alles erzählen.

FRISEUR: *(hängt dem Kunden einen Frisiermantel um)* Wie möchten wir denn die Frisur haben?

KUNDE: *(strahlt)* Möglichst wie Roland Kaiser!

FRISEUR: *(lacht)* Da müsste ich ja einen Zauberstab haben. Eigentlich müssten Sie mir für Ihre letzten Fusseln einen Finderlohn bezahlen.

KUNDE: *(seufzt)* Ja, ja! Wenn immer alles so gut ausfallen würde wie meine Haare …! Versuchen wir doch mal hinten eine Innenrolle und oben etwas antoupiert.

FRISEUR: *(grinst)* Die Ohren muss ich etwas frei schneiden, damit die Petersilie in Ihren Ohren etwas Sonne bekommt. *(stößt den Kunden vertraulich an)* Also, wie gehabt!

KUNDE: *(ernst werdend)* Auf Ihren Haarschnitt, da komme ich noch zu sprechen!

FRISEUR: *(reicht eine Zeitung)* Darf es etwas zum Lesen sein?

KUNDE: *(liest laut aus der Zeitung vor)* Der Ganges ist übergetreten!

FRISEUR: *(abwesend)* Zur CDU?

KUNDE: Nein, in Indien! *(legt die Zeitung weg)* In Italien spricht kein Mensch von Politik?

FRISEUR: Ach, Sie waren in Italien?

KUNDE: Über Neujahr! In einem kleinen Ort bei Rom haben wir gewohnt. Sehr kleiner Ort! War alles leider etwas primitiv, wenn auch sehr preisgünstig.

FRISEUR: Das kenne ich! Wenn etwas preisgünstig ist, dann ist es bestimmt primitiv. Hatten Sie wenigstens elektrisches Licht?

KUNDE: Elektrisches Licht? Ja, aber nur bei Gewitter. Aber wir hatten es nicht weit nach Rom. *(schwärmt)* Rom ist ja eine herrliche und vor allem moderne Stadt! Superhotels, mit Musik im Fahrstuhl.

FRISEUR: Musik im Fahrstuhl, das gibt es in München auch.

KUNDE: Na, ja, vielleicht aus dem Lautsprecher, ich sprech von 'nem richtigen Orchester! Na, und dann diese antiken Kampfstätten mitten in Rom. Jetzt weiß ich, warum die Römer gegen die Cherusker gewonnen haben.

FRISEUR: Die hatten sicher Heimvorteil!

KUNDE: Hören Sie auf, Sie Kulturbanause!

FRISEUR: *(schneidet während des gesamten Gespräches die Haare des Kunden)* Was denn, wegen dieser alten Cherusker sind Sie nach Italien gefahren?

KUNDE: Ach! *(winkt ab)* Nur wegen urbi et orbi!

FRISEUR: Ach, wegen 'nem Schlagersänger?

KUNDE: *(fasst sich verzweifelt an den Kopf)* Mein Gott, das wird ja immer schlimmer! Urbi et orbi, der Segen des Papstes! Passen Sie auf! Am letzten Tag im Jahr, auf dem Petersplatz, vor Tausenden von Menschen, erteilt der Papst den Segen urbi et orbi!

FRISEUR: Aha! Die Päpstin soll ja auch eine sehr nette Frau sein!

KUNDE: *(konsterniert)* Die Päpstin??? Quatsch! Der Papst lebt doch nur im Zölibat!

FRISEUR: Na ja, doch sicher nur im Sommer!

KUNDE: Sie machen mich wahnsinnig! Der heilige Vater …

FRISEUR: *(unterbricht - versöhnlich)* … ist schon gut! Warum engagieren Sie sich eigentlich so für den Papst?

KUNDE: *(springt erregt auf, reißt sich den Frisierkittel vom Hals und wirft ihn auf die Erde)* Warum?! Weil ich den Papst, unseren heiligen Vater, persönlich kennengelernt habe.

FRISEUR: *(ungläubig)* Sie … den Papst?

KUNDE: *(wichtig)* Der Papst hat mich persönlich angesprochen.

FRISEUR: *(mit offenen Mund)* Sie???

KUNDE: Ja, mich! Nach dem Segen urbi et orbi geht doch der Papst durch die Menschenmenge und …

FRISEUR: *(gespannt)* … und?

KUNDE: *(flüstert heiser)* … und bei mir ist er stehen geblieben.

FRISEUR: *(mit ehrfurchtsvoller Stimme)* Nein!!! Und was hat er gesagt, was gemacht?

KUNDE: *(tippt sich auf die Brust)* Ich habe etwas gemacht! Ich bin niedergekniet, habe meinen Hut gezogen und habe dem Papst die Hand geküsst. *(kniet dabei vor dem Friseur nieder und küsst ihm die Hand)*

FRISEUR: Nein! Und was hat der Papst dazu gesagt?

KUNDE: *(steht auf, putzt sich die Knie ab und stellt sich dicht vor den Friseur)* Der Papst hat lange auf mich herabgesehen, dann hat er mir zugeflüstert: Junge, Junge! Was für ein Armleuchter hat dir denn die Haare geschnitten?!

Der Taktiker

Personen: Der Ehemann, die Ehefrau, die Masseuse - Frl. Klotz, der Autohändler - Herr Kraft, der Arzt - Dr. Mohn
Dekoration: Das Innere eines bürgerlichen Wohnzimmers, an der Wand hängt ein Vogelbauer mit Zwergpapagei. Eine Frau im Morgenmantel hantiert am Sideboard. Ihr Mann sitzt am Frühstückstisch und liest aus der Zeitung vor.

EHEMANN: *(mit vollem Mund)* Es hat schon wieder mal gedonnert!

EHEFRAU: *(zieht die Schultern hoch)* Ein Gewitter?

EHEMANN: *(fasst sich an die Stirn)* Ach, Mutter! Gedonnert! Ein Autounfall in der Bergstraße. *(grinst)* Da wollte so ein Dussel in die Seitenstraße einbiegen und dabei …

EHEFRAU: *(unterbricht)* … die Bergstraße hat doch gar keine Seitenstraße!

EHEMANN: *(grinst noch breiter)* Deshalb hat es ja auch gedonnert! *(lacht laut)*

EHEFRAU: Da gibt es gar nichts zu lachen! Es vergeht kein Tag, ohne dass es irgendwo donnert. *(hebt den Zeigefinger)* Und deshalb habe ich auch gestern eine Annonce aufgegeben.

EHEMANN: Eine Annonce? *(zum Papagei)* Haste gehört, Emil? Sie ist unser überdrüssig, sie will sich anderweitig verehelichen … sie annonciert!

EHEFRAU: Das fehlte mir gerade noch! *(spitz)* Ein Schusselkopf als Ehemann, das reicht gerade! *(mit wichtiger Miene)* Ich habe eine Autoverkaufsannonce aufgegeben.

EHEMANN: *(springt erregt auf - verschluckt sich - hustet)* Was?! Ich soll mein Auto verkaufen? Meinen heißgeliebten Robert? Nie! *(zum Papagei)* Hast du das gehört, Emil? Meinen Robert, dem ich schon 20 Jahre lang freundschaftlich das Gaspedal in die Rippen trete? Der mich noch nie hat sitzen lassen. Warum soll ich denn den verkaufen?

EHEFRAU: Warum?! Du hast es doch gerade vorgelesen; jeden Tag passieren Autounfälle. *(hämisch)* Und du mit deiner Schusseligkeit, da kann man ja direkt darauf warten, dass etwas passiert.

EHEMANN: Ich bin …

EHEFRAU: *(unterbricht)* Du bist jetzt 60 Jahre und wirst immer vertrottelter und zerstreuter. Gestern zum Frühstück hast du das Ei geküsst und mir hast du mit dem Eierlöffel auf den Kopf geklopft. *(spitz)* Ist dir gar nicht aufgefallen!

EHEMANN: Ich habe …

EHEFRAU: *(unterbricht wieder)* … und ich habe keine Lust, dich nach einem Autounfall im Rollstuhl durch die Botanik zu schieben.

EHEMANN: *(trotzig)* Robert verkaufe ich nie! *(schnäuzt sich)* Robert ist ein Stück von mir!

EHEFRAU: *(winkt ab)* Und ich sage: Robert wird verkauft! Ich fahre jetzt mit dem Bus zu meiner Schwester, inzwischen kannst du dir ja überlegen … Robert oder ich! *(im Abgehen)* Und denke auch daran, heute kommt der Klempner. *(rauscht ab)*

EHEMANN: *(stellt sich vor den Vogelbauer)* Und ich sage dir, Emil, Robert wird nicht verkauft! *(grinst)* Das werde ich mit Taktik zu verhindern wissen.

EHEFRAU: *(kommt noch mal – hat schon den Mantel an)* Ich geh! Und wenn sich auf die Annonce ein Interessent meldet, verkaufe das Auto! *(seufzt)* Dann kann auch nichts passieren, wenn du durch die Gegend rast.

EHEMANN: *(mault)* Rasen tut er nur noch, wenn der Wind gut steht.

EHEFRAU: Egal, das Auto kommt weg! Und pass auf, wenn der Klempner klingelt, und scharwenzel mir nicht wieder um die Klotz herum! *(geht ab - knallt die Tür zu)*

EHEMANN: *(hinterher)* Xanthippe! *(zum Papagei)* Lass man, Emil, das Auto bleibt! Wir müssen uns nur taktisch etwas einfallen lassen. *(Es klingelt an der Wohnungstür, der Ehemann geht öffnen und kommt mit Fräulein Klotz, einer attraktiven Blondine, wieder)*

FRL. KLOTZ: *(säuselt)* Lieber Herr Müller, Sie haben mir erzählt, dass der Klempner zu Ihnen kommt! Sollte er bei Ihnen fertig sein, schicken Sie ihn bitte zu mir, meine Muffe ist undicht!

EHEMANN: *(stottert verlegen)* Die Mu-Mu-Muffe? Hoffentlich kommt dieser Heini überhaupt, auf unseren Klempner war no-no-noch nie Verlass! Da-da-das ist ein ganz windiger Bursche!

FRL. KLOTZ: *(kommt noch näher, haucht)* Ich liebe windige Burschen!

EHEMANN: *(weicht ängstlich zurück)* Vorsicht! *(verlegen)* Liebes Fräulein Klotz, bei mir hakt manchmal der Halswirbel aus.

FRL. KLOTZ: *(kommt noch näher)* Na, das werden wir gleich haben! Ich bin doch staatlich geprüfte Masseuse. *(drückt den Ehemann auf einen Stuhl, knöpft ihm das Hemd auf und massiert den hinteren Halsansatz)*

EHEMANN: *(genüsslich)* Ooooh, das tut gut! *(Man hört, wie die Wohnungstür aufgeschlossen wird. Die Zimmertür wird aufgestoßen, die Ehefrau stürmt ins Wohnzimmer, dabei sitzt ihr der Hut vor Aufregung schief auf dem Kopf, sie stemmt beide Arme in die Seite und legt los)*

EHEFRAU: *(spitz)* Was tut gut? *(lacht künstlich)* Da verpasse ich den Neunundzwanziger, und was muss ich sehen? *(zu Fräulein Klotz)* Was hantieren Sie denn an meinem Mann herum?

FRL. KLOTZ: *(grinst verlegen)* Liebe Frau Müller, nicht, was Sie denken! Ihr Mann hatte sich den Halswirbel verknackst und ...

EHEMANN: ... und Fräulein Klotz wartet auch auf den Klempner!

EHEFRAU: Aber nicht bei mir! *(schiebt Fräulein Klotz zur Tür hinaus)*

EHEMANN: *(peinlich berührt)* Du weißt ja gar nicht ...

EHEFRAU: *(unterbricht)* ... ich weiß alles! *(barsch)* Und was habe ich dir gesagt? Lass deine Finger von der Klotz! Kaum dreht man den Rücken, da ...

EHEMANN: ... hat mein Halswirbel geknackt!

EHEFRAU: *(süffisant)* Ach, und bei was für 'ner Gelegenheit hat es geknackt?

EHEMANN: *(stottert)* Da-da-das war so: es klingelte, und da dachte ich, da-da-das ist einer, der das Auto kaufen will ...

EHEFRAU: *(versöhnlich)* ... also willst du das Auto doch verkaufen? Das ist vernünftig! *(schaut auf ihre Uhr)* Ich geh jetzt wieder, der nächste Bus ist fällig. *(hebt den Finger)* Und denke immer daran, das Auto kommt raus und die Klotz nicht mehr rein! *(geht ab)*

EHEMANN: *(zum Papagei)* Emil, du bist mein Zeuge! Außerdem, die Klotz hat angefangen, und was unseren Robert betrifft, der bleibt! *(Das Telefon klingelt)*

EHEMANN: *(telefoniert)* Müller - was wollen Sie? ... wegen meinem Robert? Ach, Sie wollen das Auto kaufen?! *(zum Papagei)* Pass auf Emil, lass mich nur machen, jetzt kommt meine Taktik! *(ins Telefon)* Hören Sie? Ein erstklassiges Auto - nur etwas verkehrt gepolt!

Was das heißt? Wenn Sie hupen, da geht der Scheibenwischer; und wenn Sie das Licht einschalten, da fährt er rückwärts, aber wenn Sie bremsen, dann hupt er! Aber er hat auch viel Gutes: Wenn Sie die Wagentür aufmachen, fährt er sofort los. Was? Na ja, man muss eben sofort aufspringen. Was? Ach, Sie haben kein Interesse mehr ... ? O.K.! *(legt auf, reibt sich zufrieden die Hände - zum Papagei)* Emil, den Ersten sind wir los! Was hat mein alter Kommandeur immer gesagt: Taktik ist alles! *(tanzt dabei vor Freude im Zimmer herum - fasst sich plötzlich an den Hals)* Au! *(hat sich wieder den Halswirbel verknackst, wankt stöhnend zum Telefon und telefoniert)* Fräulein Klotz, können Sie mal zu mir kommen, er ist wieder draußen ... Wer? Der Wirbel! *(legt auf - geht in windschiefer Haltung zur Tür und öffnet)*

FRL. KLOTZ: *(kommt ins Wohnzimmer)* Ihre Frau ist doch hoffentlich weg?

EHEMANN: Aber ja, sonst hätte ich doch nicht getanzt. *(fasst sich stöhnend an den Hals)* Und nun ist mein Wirbel wieder draußen.

FRL. KLOTZ: *(kichert)* Na, da werde ich mal bei Ihnen 'ne Generalinspektion machen. *(legt Herrn Müller auf das Sofa, kniet sich auf ihn und dreht ihn herum)* So komme ich am besten ran! *(massiert)* *(Man hört von draußen die Wohnungstür gehen, die Ehefrau kommt ins Zimmer, erstarrt und stößt einen spitzen Schrei aus)*

EHEFRAU: Ich glaube, mein Schwein pfeift! Da verpasse ich doch wieder den Neunundzwanziger, und schon habe ich die Bescherung! *(zu Fräulein Klotz)* Und was spielen wir jetzt?

FRL. KLOTZ: Ich massiere Ihren Mann! Ich bemühe mich, dass er wieder reinspringt.

EHEFRAU: *(spitz)* Ach, nee! Und wer soll reinspringen?

FRL. KLOTZ: *(kichert)* Na der Halswirbel! Was dachten Sie denn?

EHEFRAU: *(aggressiv)* Bei meinem Mann hat es sich für Sie ausgewirbelt! *(zieht Fräulein Klotz vom Sofa und schiebt sie zur Tür hinaus)* Und wenn ich Sie noch einmal hier erwische, *(schreit)* dann knackt bei Ihnen der Wirbel!

FRL. KLOTZ: *(steckt noch mal den Kopf durch die Tür)* Ihr Mann hat mich als Fachkraft um Hilfe gebeten, *(schnippisch)* aber wenn ich nicht gebraucht werde, bitte! *(Das Telefon klingelt)*

EHEFRAU: Hmmmmm, Fachkraft! *(winkt mit einem vernichtenden Blick ab, geht zum Telefon und telefoniert)* Ja - Sie möchten das Auto kaufen? Kommen Sie her, Sie können es billig haben.

EHEMANN: *(hebt flehend die Hände)* Aber Hildchen, mein Robert …

EHEFRAU: Schluss! Wenn du schon wegen deinem kleinen Knacks am Wirbel 'ne Dame zum Massieren brauchst, dann brauchst du doch nach einem Autounfall das gesamte Bolschoiballett. Robert wird verkauft! *(schaut auf ihre Uhr)* Ich nehme mir jetzt eine Taxe, und wenn ich von meiner Schwester komme, erwarte ich, dass alles geklärt ist. *(rauscht raus)*

EHEMANN: *(zum Papagei)* Emil, wir müssen kämpfen! *(das Telefon klingelt, er hebt ab und sagt, ohne zu fragen wer am Apparat ist)* Falsch verbunden! *(Die Türglocke schellt, er geht hinaus, um zu öffnen, und kommt mit einem großen, kräftigen Mann, Herrn Kraft, wieder)*

HERR KRAFT: Ich komme wegen der Nuckelpinne!

EHEMANN: *(zum Papagei)* Emil, haste gehört? Wenn einer zu unserem Robert Nuckelpinne sagt, kommt er als Käufer überhaupt nicht in Betracht!

HERR KRAFT: *(konsterniert)* Wie bitte?! *(setzt sich, ohne zu fragen, streckt seine langen Beine aus und schaut zum Vogelbauer hoch)* Was frisst er denn?

EHEMANN: Hirse, Vogelfutter und Keks …

HERR KRAFT: *(unterbricht)* … ich meine die Nuckelpinne!

EHEMANN: Auf 100 Kilometer … 4 Liter.

HERR KRAFT: 4 Liter Benzin auf 100 Kilometer, das geht!

EHEMANN: Benzin? Nee, Öl!

HERR KRAFT: Dann ist das Getriebe im Eimer.

EHEMANN: Na und? Wenn Sie mal alt sind wie mein Robert, sind Ihre Zähne auch im Eimer.

HERR KRAFT: Was soll er kosten?

EHEMANN: Dreitausend.

HERR KRAFT: Was?! Für diesen alten Schlitten?

EHEMANN: Vollgetankt!

HERR KRAFT: Ach so! Ich kaufe die Schüssel und werfe sie auf meinen Hänger.

EHEMANN: Wie bitte?! *(entsetzt)* Sie wollen meinen Robert auf nen Hänger schmeißen? Haben Sie denn kein Gewissen?

HERR KRAFT: Wozu? Ich bin Gebrauchtwagenhändler!

EHEMANN: Nee, nee! Sie bekommen das Auto nicht!

HERR KRAFT: *(aufgebracht)* Was bestellen Sie mich dann her? Was soll das ganze Affentheater? *(wird laut)* Haben Sie einfältiger Pinsel vielleicht gedacht, ich will Ihre Schrottlaube an der Strippe hinter mir herziehen? Verkaufen Sie nun diese Rostlaube oder nicht?

EHEMANN: *(fasst sich an sein Herz)* Schüssel … Schrott- und Rostlaube … Nuckelpinne … *(zum Papagei)* Emil, hast du das gehört? Dieser Gurtmuffel nennt unseren geliebten Robert eine Schrott- und Rostlaube! *(holt mit der Hand aus, doch der andere ist schneller und stößt den Ehemann vor die Brust. Herr Müller versucht sich zu wehren, es entspinnt sich ein etwas ungleicher Kampf, wobei Herr Müller k.o. geht)*

HERR KRAFT: *(geht zur Tür und dreht sich noch einmal um)* Wenn Sie Streit suchen, Sie halber Hering, dann schauen Sie sich die Gegner vorher an! *(macht eine drohende Bewegung)* Und heben Sie nicht noch einmal die Hand gegen mich, Sie nachgemachter Mensch! *(geht ab und knallt die Tür zu)*

EHEMANN: *(richtet sich stöhnend auf, reibt sich sein geschwollenes Kinn - zum Papagei)* Emil, haste mitbekommen, wie ich ihn erledigt habe? Und wenn auch mit Gewalt, mein Auto bleibt im Haus! Mein Robert, nur über meine Leiche! *(Man hört wieder die Wohnungstür. Der Ehemann lässt sich sofort auf das Sofa fallen, die Ehefrau betritt den Raum)*

EHEFRAU: *(schnell sprechend)* Auf der Treppe ist mir ein Mann begegnet, und vor dem Haus steht ein Abschleppwagen, ich nehme an: das Auto ist verkauft? Bei mir war alles umsonst, meine Schwester war nicht zu Hause. *(stutzt)* Du liegst ja schon wieder auf dem Sofa! *(spitz)* Und wo ist die Klotz?

EHEMANN: *(stöhnt)*

EHEFRAU: *(kommt näher)* Was ist denn los?

EHEMANN: *(stöhnt)* Überfall ... ! Niedergeschlagen! Alles aus ... ! *(dreht sich herum, so dass man das geschwollene Kinn und das blaue Auge sieht)*

EHEFRAU: Mein Gott! *(schreit)* Hilfe, Hilfe! *(läuft zum Telefon - telefoniert)* Herr Doktor, kommen Sie bitte sofort! *(legt auf, eilt zum Sofa)* Was ist denn passiert?

EHEMANN: *(flüstert - stöhnend)* Durch deine Annonce ... Der Käufer ... Der Streit ... er wollte das Auto nicht kaufen ... Schlägerei ... Oh ... *(weinerlich)* Oh, es geht zu Ende! *(stöhnt)* Rufe den Pfarrer.

EHEFRAU: *(schluchzt)* Das ist dann alles meine Schuld! Doktor Mohn kommt sofort! *(unter Tränen)* Das habe ich nicht gewollt! *(Es klingelt an der Wohnungstür, Frau Müller geht öffnen, kommt mit Doktor Mohn, dem Arzt, zurück. Der Arzt untersucht, Herr Müller flüstert dem Arzt etwas ins Ohr, der nickt verständnisvoll. Er schickt Frau Müller nach einem Glas Wasser. Nachdem Frau Müller weg ist, flüstert Herr Müller weiter auf den Arzt ein. Frau Müller kommt mit einem Glas Wasser wieder)*

EHEFRAU: *(verzweifelt)* O Gott! O Gott! Und an allem bin ich schuld, Herr Doktor! Ich will alles tun …

DR. MOHN: Es sieht leider sehr ernst aus, liebe Frau Müller! Ihr Mann hat nicht nur einen verknacksten Halswirbel …

EHEFRAU: *(eifrig)* … ich hole sofort die Klotz, die soll ihn massieren, und …

DR. MOHN: … und Ihr Mann darf nicht viel laufen und sollte jede Anstrengung vermeiden. Am besten, nur mit dem Auto fahren.

EHEFRAU: Selbstverständlich wird sein Robert nicht verkauft!

DR. MOHN: *(schaut auf Herrn Müller, kneift ein Auge zu, geht zur Tür)* Wenn wir alles beachten, könnte es eventuell noch mal gutgehen.

EHEFRAU: *(begleitet den Arzt hinaus)* Er bekommt alles! Lieber Gott, wenn er nur wieder gesund wird! Alles … sein Auto, seine Massagen von der Klotz! *(beide sind zur Tür raus)*

EHEMANN: *(richtet sich auf und reibt sich die Hände)* Hurra! *(zum Papagei)* Emil, wie habe ich das wieder geschaukelt? Morgen fahre ich mit meinem Robert spazieren, und Fräulein Klotz wird mir dabei den Wirbel massieren. Was habe ich dir gesagt, Emil? Taktik ist alles!

Oropax

Personen: Der 1. Buchhalter, der 2. Buchhalter, die Prokuristin, der Chef
Dekoration: Das Innere eines Büros; zwei sich gegenüberstehende Schreibtische, zwei Türen führen nach draußen, an der einen Tür steht mit großen Buchstaben: CHEF. Der erste Buchhalter sitzt gelangweilt an seinem Schreibtisch, der zweite Buchhalter erscheint aus dem Chefzimmer.

2. BUCHHALTER: *(knallt einen Aktenordner auf seinen Schreibtisch)* Wieder Ärger! Die Prokuristin hat mich wieder mal beim Alten in die Pfanne gehauen. *(seufzt)* Und das Schönste, zu Hause habe ich nur Ärger! *(zum 1. Buchhalter)* Weißt du, was ich heute Abend mache werde?

1. BUCHHALTER: *(feilt an seinen Fingernägeln)* Nee, aber wie ich dich kenne, wirst du es mir bestimmt sagen! *(grinst dabei)*

2. BUCHHALTER: Heute Abend werde ich meinem Nachbarn die Nase einschlagen! *(flüstert)* Das Aas setzt mir Hörner auf!

1. BUCHHALTER: *(deklamiert)* Warum - zerschlägst du ihm die Nase? Ihm, der deine Ehe bricht - er bracht' dein Weibchen in Ekstase, doch mit der Nase tat er's nicht!

2. BUCHHALTER: *(hat sich gesetzt und die Füße auf den Schreibtisch gelegt, lacht gequält)* Du und deine Schüttelreime! Aber - recht hast du! Mir geht es wie 'nem Minister, ich kenne meinen Stellvertreter!

1. BUCHHALTER: Ehebruch ... warum passiert das nicht mal unserer Oberbuchhalterin! Unserer Prokuristin, dieser Pflaume!

2. BUCHHALTER: Ganz einfach, die ist solo! Wer heiratet

auch schon - so ein Schrapnell? Deshalb hat sie auch immer so 'ne miserable Laune, weil sie beim Ball der Einsamen Herzen wieder einmal keinen abbekommen hat.

1. BUCHHALTER: *(grinst)* Ach, deshalb guckt sie dann immer ... wie 'ne ungefüllte Pute!

2. BUCHHALTER: Genau, so ist es! Diese Korinthenkackerin, die uns im Büro nur das Leben sauer macht!

1. BUCHHALTER: Eine typische Radfahrerin! Nach oben tut sie buckeln und nach unten treten. Uns haut sie immer in die Pfanne, und beim Chef, da dienert sie nur: Jawohl, Herr Direktor! Genau, Herr Direktor! Sie sagen es, Herr Direktor! Wie immer, Herr ... *(Der 1. Buchhalter wird unterbrochen, die Tür wird aufgestoßen und die Prokuristin erscheint. Sie geht mit auf dem Rücken verschränkten Armen zwischen dem 1. und dem 2. Buchhalter hin und her und säuselt dabei pikiert)*

PROKURISTIN: Können Sie mir sagen, meine Herren, warum Sie nie arbeiten, wenn ich zu Ihnen komme?

2. BUCHHALTER: *(grinst)* Weil sie Gummisohlen tragen, Frau Prokuristin!

PROKURISTIN: *(spitz)* Für Sie immer noch Fräulein ...! Außerdem, Ihre Arbeitsweise - die ist doch wohl bekannt! Wenn ich Ihnen den Schreibtisch zunageln würde, würden Sie das gar nicht merken.

1. BUCHHALTER: *(aufsässig)* Wer die Hände in den Schoß legt, muss noch lange nicht untätig sein.

PROKURISTIN: Lieber Herr Müller, Sie leben leider in einer persönlichen Energiekrise! Sie halten sich für einen hellen Kopf, Sie sind aber nur ein kleines Licht! Oder können Sie vielleicht einen Computer füttern?

2. BUCHHALTER: *(grinst)* Warum nicht! Wenn Sie mir verraten, was er frisst?!

PROKURISTIN: Das tut weh! *(abfällig)* Aber ich habe auch von Ihnen keine andere Antwort erwartet. Das bisschen Verstand, was Sie hatten, haben Sie sicher schon versoffen! Sie kommen ja bereits angeheitert ins Büro.

1. BUCHHALTER: Na ja, aber ...

PROKURISTIN: *(winkt ab)* ... zu Ihnen komme ich noch!

1. BUCHHALTER: Ich wollte nur sagen: *(Deklamiert)* Besoffen sein ist wunderschön, doch nüchtern sein ist klug - Ich möchte nur besoffen sein, ich bin schon klug genug!

PROKURISTIN: *(winkt wieder ab)* Halten Sie die Klappe, Sie verhinderter Goethe! *(zum 2. Buchhalter)* Wo waren Sie gestern bei Dienstbeginn?

2. BUCHHALTER: Ich habe verschlafen, Fräulein Prokura!

PROKURISTIN: Was denn?! Zu Hause schlafen Sie auch noch? Hier sind Sie ja schon lange der Schläfer vom Dienst! Ich höre es ja nebenan, alle zwei Minuten bewegt sich bei Ihnen eine Schreibmaschinentaste.

1. BUCHHALTER: *(grinst)* Warum soll ich meinen Kollegen wecken?

PROKURISTIN: *(schaut den ersten Buchhalter eine Weile wortlos an)* Ach, das finden Sie wohl auch noch witzig? Vielleicht können Sie mir sagen, wie viel Anschläge in der Minute Ihr Kollege schafft?

1. BUCHHALTER: Anschläge? Mein Kollege ist Buchhalter und kein Terrorist! *(grinst)*

PROKURISTIN: Ich könnte mich totlachen! Aber das Grinsen, das wird Ihnen bald vergehen! *(hämisch)* Ich hab' noch eine Überraschung für Sie! Übrigens: Heute ist ja auch Ihr persönlicher Feiertag: der 21. März! Da geht der Winterschlaf bei Ihnen zu Ende und die Frühjahrsmüdigkeit beginnt!

2. BUCHHALTER: Ich will mal sagen ...

PROKURISTIN: ... sagen Sie lieber nichts! Sie schlafen ja sogar auf der Straße, sonst würden Sie mich wenigstens grüßen.

1. BUCHHALTER: *(deklamiert)* Grüße jeden Dreck auf Erden, es könnt' mal dein Direktor werden!

PROKURISTIN: *(fährt herum)* Sie Westentaschenschiller, zu Ihnen komme ich gleich! *(zum 2. Buchhalter)* Hoffentlich habe ich den Vorgang Mayer & Sohn bald auf meinem Schreibtisch liegen! Ist Ihnen schon einmal aufgefallen, der Mensch hat zwei Arme, um zu arbeiten, und ...

1. BUCHHALTER: *(unterbricht)* ... und zwei Beine, um der Arbeit aus dem Weg zu gehn!

PROKURISTIN: Über Ihre Witze kann ich leider nur lächeln!

1. BUCHHALTER: *(deklamiert)* Geh immer lachend durchs Leben, drückt dich auch der größte Schmerz - aus einem traurigen Hintern kommt nie ein fröhlicher Ferz!

PROKURISTIN: *(aufgebracht)* Jetzt reicht es mir, Sie kleiner, komischer Dichterling! Übrigens: Ihre witzigen Verschen können Sie demnächst - hauptberuflich machen!

1. BUCHHALTER: Aha! Sie wollen meinen Dienstvertrag kündigen?

PROKURISTIN: *(hämisch)* Nicht direkt! Wir wissen zwar nicht, wie wir es ohne Sie schaffen werden, aber - ab kommenden Montag werden wir es versuchen!

1. BUCHHALTER: Auch gut! Aber wenn ich schon gefeuert werde, da kann ich Ihnen endlich mal sagen, was ich von Ihnen halte! Wissen Sie, was ich denke ...

PROKURISTIN: *(unterbricht)* ... Sie und denken, da lachen ja die Hühner! Wenn Ihnen eine Taube etwas auf den Kopf fallen lässt, dann ist das doch Hohlraumversiegelung! Sie geistiger Kleinrentner, machen Sie lieber Ihre Arbeit, und stehn Sie nicht da wie ein Torero und stieren mich an. *(geht ab - knallt die Tür zu)*

1. BUCHHALTER: Hast du das vernommen, Otto? Diese Schneegans!

2. BUCHHALTER: Ich weiß ja, warum die so unleidlich ist! Die findet nämlich seit Wochen keinen Schlaf. Das ist so: Neben Ihrem Mietshaus bauen sie seit längerer Zeit 'ne Tiefgarage. Und das Schlimme ist, die bauen auch nachts! Kannst du dir vorstellen, die ganze Nacht nur Krach. Und wenn …

1. BUCHHALTER: *(unterbricht - hat die ganze Zeit überlegt)* … Moment! *(hebt einen Finger - wichtig)* Ich habe eine Idee! Wenn ich schon gehen soll, werde ich dich auch von dieser Nießtüte befreien. Otto, du verhältst dich jetzt mal völlig neutral, was auch geschieht! *(geht zum Telefon - telefoniert)* Fräulein Prokuristin, hätten Sie die große Güte, und könnten Sie bitte noch einmal zu uns kommen? Ja, das ist sehr liebenswürdig von Ihnen! *(legt auf - reibt sich die Hände)*

2. BUCHHALTER: *(konsterniert)* Kannst du mir sagen …

1. BUCHHALTER: *(legt den Finger auf die Lippen)* Psssst! Du weißt von gar nichts!

PROKURISTIN: *(kommt wieder in das Büro zurück - säuselt)* Ist was? Oder reicht es Ihnen immer noch nicht?

1. BUCHHALTER: *(devot)* Wir wollten Ihnen nur sagen, dass Sie in allen Punkten recht hatten! Wir möchten uns entschuldigen und Besserung geloben. Ich weiß jetzt auch, warum Sie so aufgebracht sind, Otto hat mir alles erzählt. Kein Wunder, wenn man keine Nacht schlafen kann, bei diesem Lärm … und diese Baustelle …

PROKURISTIN: *(streicht sich mit gequältem Gesichtsausdruck über die Stirn)* Na ja, es stimmt schon … diese verdammte Baustelle ... jede Nacht dieser unheimliche Lärm! *(stöhnt)* Und das seit Wochen! Es gibt ja auch keinen Weg ...

1. BUCHHALTER: *(unterbricht)* ... aber ein totsicheres Mittel: Oropax!

PROKURISTIN: Oropax? *(konsterniert)* Ein Potenzmittel?

1. BUCHHALTER: Nein! Oropax ist eine Hilfe gegen Geräusche aller Art! *(holt eine kleine Dose aus der Hosentasche - öffnet sie - hält den Inhalt der Prokuristin unter die Nase)* Das ist Oropax!

PROKURISTIN: *(schüttelt sich)* Was?! Diese filzigen Dinger soll ich essen?

1. BUCHHALTER: Aber nein, die steckt man in die Ohren! *(hält die Dose anbietend hin)* Probieren Sie doch mal!

PROKURISTIN: *(steckt sich die Oropaxkugeln in die Ohren)*

1. BUCHHALTER: *(geht zum Telefon - wählt das Chefzimmer)*

PROKURISTIN: *(mit verklärtem Gesicht - zum 2. Buchhalter)* Totenstille! Fantastisch! Absolute Ruhe! Ist das ein herrliches Gefühl!

1. BUCHHALTER: *(telefoniert)* Herr Direktor, die Prokuristin verlangt ... ja verlangt! Ich verstehe das auch nicht! Sie sollen sofort, ja sofort! Jawohl! *(legt grinsend auf)*

PROKURISTIN: *(schwärmt euphorisch)* Eine herrliche Ruhe! Toll, diese kleinen Dinger! Nicht den kleinsten Pieps höre ich mehr! Jetzt kann ich sicher wieder nachts schlafen und wenn ... *(Sie wird unterbrochen, die Tür wird aufgestoßen, aus dem Chefzimmer stürmt der Chef mit hochrotem Kopf, geht auf die Prokuristin zu und brüllt)*

CHEF: Sie sind wohl vom wilden Watzmann gebissen? Na, Sie sind doch wohl nicht ganz normal? Sie lassen mich kommen? Sie zitieren mich hierher?

PROKURISTIN: *(nickt verklärt)* Aber genau, Herr Direktor!

CHEF: *(schnappt nach Luft)* Sie wollen damit sagen, Sie halten mich für 'nen Trottel?

PROKURISTIN: *(freundlich nickend)* Wie immer, Herr Direktor!

CHEF: *(die Stimme überschlägt sich)* Was erlauben Sie sich, Sie blöde Ziege! Sie sind fristlos entlassen! *(zeigt zur Tür)* Raus!

PROKURISTIN: *(immer noch in der irrtümlichen Annahme, man diskutiert über ihr Oropax, nickt verklärt - zustimmend)* Ganz Ihrer Meinung, Herr Direktor!

CHEF: *(zum 1. Buchhalter)* Fassen Sie doch mal mit an! *(zum 2. Buchhalter)* Und Sie halten mal die Tür auf! *(Chef und Buchhalter packen die Prokuristin und schleifen sie zur Tür - der 2. Buchhalter hält inzwischen die Tür weit auf - die Prokuristin fliegt im hohen Bogen nach draußen)* So, das übergeschnappte Aas, die sind wir los! Ich hoffe, meine Herren, wir kommen auch ohne Prokuristin zurecht!

2. BUCHHALTER: *(devot)* Das übernehmen wir mit, Herr Direktor!

CHEF: Und wenn ich zu Ihnen komme, will ich sehen, dass gearbeitet wird!

1. BUCHHALTER: *(leise, aber verständlich)* Bestimmt! *(grinst)* Sie tragen ja auch keine Gummisohlen, Herr Chef!

CHEF: *(geht ab)* An die Arbeit, meine Herren!

2. BUCHHALTER: *(reibt sich die Hände)* Du bist der Größte! *(grinst)* Einmalig, wie du das wieder einmal geschaukelt hast!

1. BUCHHALTER: *(Deklamiert)* Hast du Oropax im Haus, schaffst du jeden Gegner raus!

Die Katze Ellenora

Personen: Der Gast, der Wirt, die Wirtin
Dekoration: Das Innere einer Dorfgaststätte. Der Wirt steht hinter dem Tresen und poliert Gläser - seine Frau ist dabei, die Tische neu einzudecken.

DER WIRT: Warum hilft dir deine liebe Mutter nicht, Ella?

DIE WIRTIN: Keine Zeit! Die wollte die neue Kühltruhe ausprobieren.

DER WIRT: Was will sie denn da schon ausprobieren?

DIE WIRTIN: *(zieht die Schultern hoch)* Was weiß ich? Mir erzählt sie ja nichts, vielleicht sitzt sie noch drin!

DER WIRT: *(versöhnlich)* Na ja, wir werden auch mal alt! Ella, mecker mal nicht immer über deine Mutter! Übrigens: lass dir Zeit beim Eindecken, bei dem Sauwetter kommt ja doch kein Mensch. Bei so 'nem Wetter fahren alle Westler und Ausländer auf der Transitstrecke durch.

DIE WIRTIN: Ja *(seufzt)* … scheinbar! *(mit verklärtem Blick)* Dabei würde so een kleener Kurzer Seele und Gemüt erwärmen.

DER WIRT: Heute kommt kein Aas! Bei so 'nem Sauwetter können wir unseren Wodka alleine trinken.

DIE WIRTIN: *(erfreut - lüstern)* Sooooooo?!

DER WIRT: *(lacht anzüglich)* Das könnte dir so passen, du alte Schnapsdrossel!

DIE WIRTIN: *(lacht mit)* Ich bin nun mal ein Gegner vom Alkohol, und wenn ich einen Gegner sehe, dann wird er vernichtet! *(macht mit der Hand eine Kippbewegung, man hört von draußen das Geräusch eines sich nähernden Autos. Das Auto hält, die Frau lauscht nach draußen)*

DER WIRT: *(zu seiner Frau)* Was machste denn für ein Signalgesicht?

DIE WIRTIN: Pssst! *(flüstert)* Ich glaube, es kommt doch jemand! *(geht hinter der Theke ab)* Ich schau mal, ob nicht doch etwas zu machen ist! *(grinst)* Mit Trick siebzehn! *(raus)*

(Nachdem die Frau verschwunden ist, kommt durch den Haupteingang ein Gast. Händereibend legt er im Schweizer Dialekt los)

DER GAST: *(schüttelt die Regentropfen ab)* Ist das ein Mistwetter! Erst mal: Grüß Gott!

DER WIRT: *(grinst freundlich)* Das mache ich, wenn ich ihn sehe!

DER GAST: *(schimpft)* Na, dieses Wetter und dann noch diese Straßen hier bei Ostberlin, nee! *(hängt seinen Mantel an einen Ständer)* In der DDR entwickelt sich wirklich alles viel schneller, und wenn es die Schlaglöcher sind.

DER WIRT: *(lacht)* Das stimmt! Da es nicht genug Autos bei uns gibt, sollten sie uns wenigstens Kängurus verkaufen - die hüpfen doch viel besser von Schlagloch zu Schlagloch! *(beide lachen)*

DER GAST: Aber nun ganz schnell einen Pfläumlischnaps, ehe ich mich verkühle. *(fasst sich an den Hals)* Ich glaube, ich habe schon Frostbeulen am Zäpfchen.

DER WIRT: Ist nur gut, dass die Schweizer und die Berliner keinen Dialekt sprechen.

DER GAST: So ist es! Trinken Sie einen mit?

DER WIRT: Mit 'nem neutralen Schweizer allemal!

Der Gast: Wir Schweizer konnten die Berliner schon immer gut leiden, schon wegen ihrer Bescheidenheit.

(Beide heben lachend ihr Glas und prosten sich zu. Sie wollen gerade anstoßen, da wird die Eingangstür aufgestoßen. Die

Wirtin betritt schluchzend die Gaststätte, in der erhobenen Hand hält sie eine bewegungslose Katze.)

DIE WIRTIN: *(schluchzt)* Emil, der Mercedes von diesem Herrn *(zeigt dabei anklagend auf den Gast)* ... hat unsere Ellenora totgefahren.

DER WIRT: *(schüttet sein Glas Wodka in die Stube)* Was!!! Und mit diesem Mörder hätte ich um ein Haar Brüderschaft getrunken!

DER GAST: *(konsterniert)* Was denn?! Wie denn?! Das muss doch wohl erst geklärt werden, wer hier etwas überfahren hat! Ich fühle mich völlig unschuldig!

DIE WIRTIN: *(schluchzt)* Unschuldig, das sagen alle!

DER GAST: *(aufgebracht)* Wenn es alle sagen, dann wird es schon stimmen!

DIE WIRTIN: Ellenora lag genau hinter Ihrem Hinterrad.

DER WIRT: *(nimmt der Frau die Katze ab - hält sie hoch)* Da gibt es nichts daran zu rütteln, Ellenora ist hinüber. *(drohend)* Oder sind Sie etwa anderer Meinung?

DER GAST: *(kleinlaut)* Wenn es so ist, werde ich die Katze ersetzen.

DIE WIRTIN: *(pikiert)* Ach, wie denn? Können Sie Mäuse fangen? Und ob Sie dem Kater von nebenan gefallen, ist noch 'ne zweite Frage.

DER GAST: Ich meine, ich gebe Ihnen den Gegenwert - ich bin Textilvertreter und habe im Auto erstklassige Oberhemden!

DER WIRT: *(unterbricht - lacht hysterisch)* Oberhemden? Womöglich noch aus einer kapitalistischen Produktion? Das fehlte mir noch, den ganzen Tag den Klassenfeind am Hals! Außerdem dürfte Ihnen bekannt sein: Wiedergutmachung nur in konvertierbarer Währung!

DER GAST: Himmel, Herrgott ... dann gebe ich Ihnen für diese dämliche Katze ...

DIE WIRTIN: *(unterbricht)* … dämliche Katze? Ellenora war ein Familienmitglied! Sie war Jahressiegerin im Katzenbuckel machen, und das will bei uns etwas heißen.

DER WIRT: *(hebt den Zeigefinger)* Und unsere Ellenora war eine verdiente Katze des Volkes, die ihren Mäusefangplan übererfüllt hat. *(winkt ab)* Aber um so etwas zu verstehen, da muss man schon gelernter DDR-Bürger sein.

DER GAST: *(lässt sich in einen Stuhl fallen)* Großer Gott, das hat mir alles noch gefehlt! *(seufzt)* Und so sieht nun eine deutsch-schweizerische Begegnung aus! Also, ich gebe Ihnen fünfzig Mark und …

DIE WIRTIN: *(lacht hysterisch)* … fünfzig Mark? Und das für eine Katze, die bei unserer jetzigen Fleischknappheit in ständiger Lebensgefahr schwebt?

DER WIRT: *(stemmt die Arme in die Seite)* Also weeßte, ich bin ein bescheidener Mensch und wenn …

DER GAST: *(lacht gequält)* Bescheiden, das verstehen Sie aber gekonnt zu verbergen! Na gut! Damit ich endlich meine Ruhe bekomme, gebe ich Ihnen …

DIE WIRTIN: … mindestens das Doppelte!

DER GAST: Ich wollte sagen, … hundertfünfzig! *(stöhnt)* Dafür würde ich in der Schweiz eine Wildschweinkeule bekommen. *(brüllt)* Geräuchert!

DIE WIRTIN: *(winkt ab - geht zur Tür)* Emil, ich hole unsere Volkspolizei!

DER GAST: *(hält die Wirtin am Ärmel zurück)* Warten Sie doch! Polizei, das würde mir gerade noch fehlen, dass meine Olle etwas von meiner Extratour nach Berlin erfährt. *(wühlt in seiner Brieftasche)* Ich gebe Ihnen … dreihundert Mark, dann ist aber endgültig Feierabend! *(brüllt wieder)* Verstanden?

DER WIRT: *(nickt)* Sie schreien ja laut genug! *(grinst)* Aber mit dreihundert ist da nichts zu machen!

DER GAST: Was?! Das reicht immer noch nicht? *(fasst sich an die Stirn)* Ich geh kaputt!

DER WIRT: *(trocken)* Ich geh mit! Aber nur wenn …

DER GAST: *(aufgebracht)* Kruzitürken, lassen Sie Ihre dämlichen Witze! *(versöhnlich)* Ich werde …

DIE WIRTIN: *(unterbricht)* … ich werde die Volkspolizei holen! *(will wieder zur Tür)*

DER GAST: *(hält sie wieder zurück)* Moment! *(seufzt gequält)* Was hatten Sie denn gedacht?

DER WIRT: Fünfhundert!

DER GAST: Fünfhundert?! Da bekomme ich ja in Zürich einen geschmückten Zuchtbullen, der am Tag zwanzig Liter Milch gibt! *(zieht resigniert seine Brieftasche)* Hier, Sie elender Blutsauger, ist das Geld!

DER WIRT: *(nimmt grinsend die Scheine - sein Gesicht verändert sich blitzartig - er wirft das Geld angewidert auf den Fußboden)* Ähh! Ostgeld!

DIE WIRTIN: Das kann doch wohl nicht wahr sein! Jetzt hole ich endgültig die Volkspolizei! Ein Devisenschmuggler ist dieser Mörder auch noch! *(geht raus)*

DER GAST: *(schimpft hinterher)* Was will denn diese blöde Mistamsel? Das Geld habe ich doch an eurer Grenze eintauschen müssen! *(hebt das Geld auf)* Ist denn eure Währung kein Geld?

DER WIRT: *(grinst)* Franken oder Westmark sind uns eben lieber!

DER GAST: *(zieht nochmal seine Brieftasche - zählt sein restliches Geld)* Hier sind vierhundertzwanzig herrliche Schweizer Franken, das ist das letzte, was ich habe. *(fasst sich an die Stirn)* Nun kann ich ja niemals mehr - meine Zeche bezahlen!

DER WIRT: *(nimmt das Geld - lässt es in der Schürzentasche verschwinden)* Na, das habe ich vielleicht gerne, erst die Katze überfahren und dann noch die Zeche prellen.

DER GAST: *(hält dem Gastwirt die leere Brieftasche unter die Nase - verzweifelt)* Ja, du Blutsauger, ... ich habe doch nichts mehr! *(Die Eingangstür wird aufgestoßen, die Wirtin kommt herein. Gleichzeitig hört man Motorengeräusche eines sich nähernden Autos)*

DIE WIRTIN: *(völlig außer Atem)* Emil, gib mir mal ...

DER WIRT: *(winkt ab)* ... halt deinen Schnabel! Du siehst doch, ich versuche gerade unseren Geschäftspartner zu überzeugen!

DER GAST: Es tut mir ja leid, aber ...

DIE WIRTIN: *(unterbricht - aufgeregt)* Emil, ich brauche unbedingt ...

DER WIRT: *(schreit - aufgebracht)* Bist du endlich still, wenn ich versuche, einen Mörder und Transitganoven auf den richtigen Weg zu bringen?!

DER GAST: *(hält die leere Brieftasche hin)* Ich habe gegeben, was ich hatte!

DIE WIRTIN: *(ringt die Hände - verdreht verzweifelt die Augen)* Emil, gleich passiert es ...

DER GAST: *(ängstlich)* Polizei?

DIE WIRTIN: Quatsch! *(zu ihrem Mann)* Emil, ich brauche sofort dringend - Ellenora, es kommt ein neuer Mercedes!

DER WIRT: *(schaut grinsend den Gast an)*

GAST: Ich Depp! Wenn das unser Wilhelm Tell wüsste ...

Die Eintrittskarte

Personen: Der 1. Mann (Besucher), der 2. Mann (Museumswärter)
Dekoration: Man erkennt eine Bushaltestelle. Der 2. Mann steht wartend an der Bushaltestelle. Er ist bekleidet mit einer graublauen Bundjacke und hat eine Schirmmütze auf dem Kopf. Der 1. Mann kommt dazu.

1. MANN: *(schaut auf die Schirmmütze des anderen – grüßt freundlich-forsch)* Morgen, Herr General!

2. MANN: *(lacht)* Nix General! *(nimmt seine Schirmmütze ab und hält sie dem anderen hin)*

1. MANN: *(buchstabiert laut)* Pergamon-Museum! Ah, Sie sind Museumsdiener! Sagen Sie mal, das »Pergamon-Museum«, liegt das nicht in Ostberlin?

2. MANN: Stimmt! *(lacht freundlich)* Aber wissen Sie, der Kultur ist es zum Glück egal, ob Ost oder West!

1. MANN: Sagen Sie mal, in diesem Pergament …

2. MANN: *(unterbricht – verbessert)* Pergamon!

1. MANN: Na ja … in diesem Museum war mal ein guter Freund von mir, und der hat mir erzählt, dass dort ja nur zerschlagenes Zeug steht! Menschen, wo Arme und Beine abgebrochen sind.

2. MANN: Das ist der Torso!

1. MANN: Nee … der, der das Café am Markt hat?

2. MANN: *(freundlich-belehrend)* Das Café am Markt heißt: Corso! *(hebt belehrend einen Finger)* Der Torso ist der Rumpf einer Statue.

1. MANN: Aha! Aber mein Kumpel sagt auch, da stehen nur kaputte Töpfe und Vasen, die 'nen Sprung haben. *(winkt ab)* Wer sich so etwas ansieht, der hat doch selber 'nen Sprung in der Schüssel.

2. MANN: Lieber Freund, das Einzige, was Sie haben, ist - keine Ahnung! Diese Töpfe …

1. MANN: *(winkt ab)* … mein Kumpel hat mir doch alles erzählt! Da soll sogar ein Frauenkopf stehn, dem die Figur fehlt. *(grinst)* Mit 'ner Faschingsmütze auf dem Kopf.

2. MANN: *(fasst sich entsetzt an die Stirn)* Mann, das ist die Nofretete!

1. MANN: Was für 'ne Täte?

2. MANN: *(schreit empört)* Keine Täte! *(versöhnlich)* Die Nofretete, eine altägyptische Königin.

1. MANN: Und die alten Töpfe …?

2. MANN: … verdanken wir den Archäologen.

1. MANN: Arschelogen?

2. MANN: *(verbessert)* Archäologen! Und diese Archäologen finden diese alten, wertvollen Töpfe bei ihren Ausgrabungen.

1. MANN: *(lacht verschämt)* Ach, und ich habe gedacht, zu einem Arschelogen muss man, wenn man auf den A … *(grinst verlegen)* auf den verlängerten Rücken gefallen ist. *(fasst sich mit verzogenem Gesicht an die bewusste Stelle)*

2. MANN: Sie müssten eigentlich wissen, was ein Archäologe macht.

1. MANN: *(aufgebracht)* Nun lassen Sie mich doch mit Ihrem dämlichen Arschelogen in Ruhe, was wird der schon machen? *(seufzt)* Sicher sitzt er mit dem Arsch in der Loge!

2. MANN: *(fasst sich entsetzt an den Kopf)* Großer Gott! Was sind Sie nur für ein geistiger Kleinrentner? Archäologen, die graben altertümliche Gegenstände aus.

1. MANN: Ach nee! Da sind ja in unserer Straße richtige Arschelogen zu Gange! Da wird das Fernsehkabel

verlegt, da graben sie aus. *(kichert)* Was die da für alte Klamotten hochgeholt haben: Bratpfannen, Wecker, Kochtöpfe, ich habe schon gedacht, da unten wohnt einer. Ein Arbeiter hat sogar den Schädel von einem Bundestagsabgeordneten hochgeholt.

2. MANN: *(winkt ab)* Das sind doch keine Archäologen, das sind Tiefbauarbeiter! Und woher haben die gewusst, dass es der Schädel eines Bundestagsabgeordneten war?

1. MANN: *(vertraulich)* Der Unterkiefer war ausgeleiert!

2. MANN: *(winkt ab - wird ärgerlich)* Es reicht mir! Sie sind ein ausgesprochener Kulturbanause! Kaufen Sie sich eine Eintrittskarte für das Pergamon-Museum und erweitern Sie Ihr kulturelles Wissen etwas!

1. MANN: *(grinst)* Da kann ich Ihnen eine große Freude machen, ich habe eine Eintrittskarte für das Pergament-Museum. Am nächsten Mittwoch, da komme ich Sie besuchen. Ich habe zwar 'ne Karte für den Donnerstag, aber die gilt doch sicher auch für Mittwoch?

2. MANN: Nein ... das tut sie leider nicht!

1. MANN: Was? Mit einer gelösten Karte - bezahlt, wenn auch für den Donnerstag, komme ich am Mittwoch nicht in das Museum?

2. MANN: *(bockbeinig)* Nein!

1. MANN: Und wer bestimmt das?

2. MANN: *(rückt seine Mütze zurecht)* Ich! Ich stehe nämlich am Eingang des Museums ... *(wichtig)* und kontrolliere die Eintrittskarten.

1. MANN: Sie?

2. MANN: Ich!

1. MANN: Das ist ja affig! Und Sie meinen, meine für Donnerstag gelöste Karte nützt mir am Mittwoch gar nichts!? Ist es denn so voll?

2. MANN: Neeee! Mittwochs, da ist der ruhigste Tag.

1. MANN: *(aufgebracht)* Ach nee! Und warum darf ich dann mit meiner für Donnerstag gelösten Eintrittskarte nicht auch am Mittwoch in das Museum?

2. MANN: *(nimmt Haltung an)* Jedenfalls bei mir nicht!

1. MANN: *(spitz)* Und warum nicht, Sie Museumspinsel?

2. MANN: *(grinst)* Weil mittwochs der Eintritt frei ist!

Der Berufsberater

Personen: 1. Mann, 2. Mann
Dekoration: Man erkennt eine Bushaltestelle durch ein aufgestelltes Schild. Zwei Männer warten auf den Bus.

1. MANN: *(sieht den anderen von der Seite an und spricht ihn vertraulich an)* Sage mal, dir Aas kenne ich doch!

2. MANN: *(lacht)* Das möchte wohl sein! Wo wir doch Nachbarn sind. Wie geht es?

1. MANN: *(winkt ab)* Belämmert ist geprahlt! Ich bin schon seit längerem ohne Arbeit.

2. MANN: Oh, das kenne ich! Mit diesem Problem werde ich den ganzen Tag konfrontiert.

1. MANN: Ach nee!

2. MANN: Doch! Ich bin Berufsberater und Arbeitsvermittler in einer Person. Natürlich in beratender Funktion! *(stößt den anderen vertraulich in die Seite)* … mal sehen, vielleicht kann ich Ihnen als Nachbar helfen.

1. MANN: Was denn?! Nachbarschaftshilfe, so was gibt es? Da schießt mir ja das Wasser in die Pupillen!

2. MANN: *(zieht Notizblock und Bleistift aus der Mappe)* Zuerst die Personalien. Ihr Name?

1. MANN: Strohmaier.

2. MANN: Ihr Alter?

1. MANN: Der heißt ooch so!

2. MANN: *(verdreht die Augen nach oben)* Ich meine ... wie alt sind Sie?

1. MANN: Strammer Vierziger! *(grinst)* Mit 'nem kleinen Handicap! Immer wenn ich bei meiner Freundin bin und denke ...

2. MANN: *(unterbricht, winkt ab)* Schon gut! *(grinst)* Ich verstehe! Ihre letzte Tätigkeit!

1. MANN: Ich habe eigentlich alles schon gemacht: Klomann, Bäcker, Landarbeiter, Müllabfuhr.

2. MANN: Schreiben wir: Fäkalienreferent - Semmeltechnikologe - Erdschollenbewegungsassistent - und »Mister Müllford«!

1. MANN: Junge, wenn das keinen Eindruck macht!

2. MANN: Ihre Zensuren in der Schule?

1. MANN: In Mathe hatte ich 'ne Eins, aber in Musik eine Fünf!

2. MANN: Wir nehmen immer den Durchschnitt, das wär die *(zieht eine Liste aus der Mappe, blättert)* Drei ... da hätte ich z. B. Klavierstimmer.

1. MANN: Mensch Junge! Du hast vergessen, in Musik hatte ich doch 'ne Fünf!

2. MANN: Für uns ist der Durchschnitt maßgebend.

1. MANN: *(winkt ab)* Das Wort Durchschnitt erinnert mich immer an 'ne Zeitungsmeldung: Der Dorfteich war im Durchschnitt einen Meter tief, trotzdem ist die Kuh ersoffen.

2. MANN: Wir haben leider unsere Vorschriften, und die besagen ...

1. MANN: *(unterbricht)* ... in Mathe hatte ich aber doch 'ne Eins, und wenn ich studiert hätte, da wär ich ...

2. MANN: *(unterbricht)* ... was denn?

1. MANN: Wirtschaftswissenschaftler!

2. MANN: Sie meinen: gesoffen wird immer!

1. MANN: Nein! Wirtschaft - Handel und Wandel, nee!

2. MANN: *(winkt ab)* Keine Chance! Wir brauchen etwas Handfestes! Gehn Sie doch zur Polizei. Gehalt gut! Dienstzeit normal, und der Kunde hat immer unrecht!

1. MANN: Polizei?! Da sehe ich Schwierigkeiten! Schon wegen der letzten Arbeitsstelle!

2. MANN: Wieso? Wo war denn die?

1. MANN: *(verschämt)* In Fuhlsbüttel!

2. MANN: Und wie lange waren Sie an Ihrem letzten Arbeitsplatz?

1. MANN: Acht Jahre.

2. MANN: Und warum wurden Sie entlassen?

1. MANN: Wegen guter Führung.

2. MANN: *(tritt einen Schritt zurück)* Ah, jetzt habe ich endlich gefressen, Sie waren ein Knastbruder!

1. MANN: Um mit Ihren Worten zu sprechen: Knastologe!

2. MANN: Und was für ein Delikt?

1. MANN: Eigentlich harmlos: Betrug, Lüge, Meineid und Unterschlagung.

2. MANN: *(klappt seine Mappe zu)* Dann tut es mir leid! Dann steht in Ihrer Akte: kriminelle Vergangenheit und total unzuverlässig. *(mitleidig)* Wie soll ich Sie da empfehlen?

1. MANN: *(weinerlich)* Keine Chance?

2. MANN: Nee! *(nachdenklich)* Moment! Wie sagten Sie? Betrügerisch, Meineid, Unterschlagung …? *(euphorisch)* Ich habe doch etwas für Sie!

1. MANN: *(erfreut)* Nein!

2. MANN: Doch! *(schaut in seine Mappe)* Hier: Die »Neue Heimat« sucht einen seriösen Mitarbeiter!

Die Reportage

Personen: Die Chefredakteurin, der Reporter
Dekoration: Das Innere eines Redaktionsbüros. Die Redakteurin sitzt am Schreibtisch und telefoniert.

REDAKTEURIN: Hallo, Liebling! In 20 Minuten ist Redaktionsschluss, holst du mich ab? Ja! *(kichert)* Ich habe gerade 75 Kilo überflüssiges Fett verloren ... Wie? ... Ich habe meinen Mann in Urlaub geschickt! *(kichert wieder)* Ja, Liebling, wir sind allein!

REPORTER: *(stößt die Tür auf - kommt in die Redaktion gestürmt - schwenkt in der erhobenen Hand einige Notizblätter)*

REDAKTEURIN: *(ins Telefon)* Moment, Liebling! *(hält die Hand über die Sprechmuschel - zu dem Reporter)* Ich möchte jetzt nicht gestört werden, oder haben Sie noch eine wirkliche sensationelle Reportage vor Redaktionsschluss?

REPORTER: Habe ich! *(liest aufgeregt vor)* In Moskau ist ab sofort die altmodische Maximode verboten und ...

REDAKTEURIN: *(unterbricht)* ... diese langen Kleider?

REPORTER: *(grinst)* Wahrscheinlich sollen die Spuren von Lenin nicht verwischt werden. Und ...

REDAKTEURIN: *(winkt ab)* ... wegen so einem Käse ...

REPORTER: *(unterbricht - aufgeregt)* Nein, hier habe ich die eigentliche Sensation: In Korinacka wurde der Außenminister erschossen!

REDAKTEURIN: *(lehnt sich zurück)* Wo liegt Korinacka? Und wann war das?

REPORTER: *(stottert)* Das soll hi-hi-hinten rechts liegen. *(macht große Geste)* Und der Mord geschah ... vor zw-zw-zwei Stunden.

REDAKTEURIN: Vor zwei Stunden?! Lieber Mann, wo leben Sie eigentlich? Vor zwei Stunden, das ist doch ein uralter Hut! Das kann ich nicht gebrauchen! *(zeigt zur Tür)* Gute Nacht!

REPORTER: *(geht geknickt ab)*

REDAKTEURIN: *(telefoniert weiter)* Entschuldige, Liebling! Da dachte einer ... Ja, alte Hüte! Heute interessiert die Leute: Urlaub, Fußball, Boris Becker, Aids ... Richtig! *(kichert)* Wenn wir uns treu sind, brauchen wir auch keine Kondome ... *(kichert wieder)* ... man geht ja auch nicht mit Socken in die Badewanne ... entschuldige!

REPORTER: *(kommt wieder in den Raum gestürzt - unterbricht)* Hallo Boss, jetzt habe ich den Knaller, den Sie schon lange suchen! *(hält einen Zettel hoch)*

REDAKTEURIN: *(ins Telefon)* Einen Moment, Liebling! *(ärgerlich zu dem Reporter)* Was ist denn nun schon wieder? Sprechen Sie schon!

REPORTER: *(keucht - aufgeregt)* Der Orientexpress ist aus den Schienen gesprungen, in einen See gestürzt, 600 Tote und 250 Schwerverletzte. Na, was sagen Sie zu dieser Sensationsmeldung? *(ist von sich selbst begeistert – grinst)*

REDAKTEURIN: *(bleibt cool)* Das wär eventuell etwas. Und wann ist das geschehen?

REPORTER: Vor einer halben Stunde!

REDAKTEURIN: *(winkt ab)* Spät, zu spät! Dann weiß es schon die Konkurrenz! Da hat es die »Bild-Zeitung« schon als Fahne. Schade! Ich hätte noch eine Reportage gebraucht, die noch keiner hat. *(winkt zur Tür)* Gute Nacht!

REPORTER: *(geht noch geknickter ab)*

REDAKTEURIN: *(telefoniert weiter)* Vergib mir, Liebling, ich dachte - ich bekomme noch etwas für die Morgenausgabe. Aber meine Herrn Reporter wollen mir nur lauter olle Kamellen andrehen. Also, bleibt es heute Abend bei deiner Spezialität: Whisky und Sofa!

REPORTER: *(stürzt wieder durch die Tür - strahlend)* Frau Chefredakteurin, jetzt hab ich genau das, was Sie suchen!

REDAKTEURIN: *(ins Telefon)* Liebling, bis dann! *(legt auf)* Da bin ich aber gespannt! Und was haben Sie?

REPORTER: Mord in der Parkstraße!

REDAKTEURIN: *(konsterniert)* Parkstraße? Das ist doch unsere Straße! Wo bitte! Wie bitte?

REPORTER: Die Chefredakteurin einer der größten Zeitungen wurde mit 'nem Hammer erschlagen.

REDAKTEURIN: *(aufgeregt)* Wie? Wer? Wann? Hoffentlich ist das nicht wieder ein alter Hut?!

REPORTER: Nein!!! *(holt einen Hammer hinter dem Rücken vor und geht drohend auf die Redakteurin zu)* Jetzt!!!

Der Amateurfunker

Personen: Der Ehemann, die Ehefrau, der Polizist

Dekoration: Das Innere eines bürgerlichen Wohnzimmers. Die Ehefrau ist gerade dabei, etwas Staub zu wischen. Sie trällert dabei ein Lied, schön falsch. Der Ehemann kommt, stößt die Wohnzimmertür mit dem Fuß auf und trägt ächzend einige Kartons ins Wohnzimmer.

EHEMANN: *(setzt den letzten Karton ab - reibt sich zufrieden die Hände)* So, das haben wir!

EHEFRAU: *(spitz)* Was haben wir? *(deutet auf die Kartons)* Kannst du mir sagen, was du da für Klamotten anschleppst?

EHEMANN: *(strahlt)* Mein neues Hobby!

EHEFRAU: *(lässt sich in einen Sessel fallen, fasst sich verzweifelt an die Stirn)* Gott, der Gerechte! *(weinerlich)* Wieder ein neues Hobby!

EHEMANN: *(winkt ab)* Diesmal - völlig harmlos!

EHEFRAU: Deine harmlosen Hobbys, die kenne ich! Erst hatten wir das Chemie-Hobby, wo wir alle in die Luft geflogen sind! Dann kam das Terrarium-Hobby, wo mich dreimal am Tag 'ne Schlange gebissen hat. Na, und dann das Bastler-Hobby, wo wir dauernd unter Wasser standen. *(seufzt)* Und was haben wir jetzt?

EHEMANN: *(strahlend)* Das Funker-Hobby!

EHEFRAU: Das Funker-Hobby? *(spitz)* Ach nee! Dann funkt es wohl in unseren Ehebetten mal wieder?

EHEMANN: *(lenkt ab)* Du wirst dich wundern, wir sind bald mit der ganzen Welt verbunden. *(packt seine Kartons aus - baut eine kleine Funkanlage auf)* Ich erkläre dir alles!

EHEFRAU: Und zu was soll das alles gut sein?

EHEMANN: Wenn ich alles angeschlossen habe, werde ich meinen Code in den Weltraum schleudern.

EHEFRAU: *(vergrämt)* Wenn du Kot schleudern willst, gehst du besser auf die Toilette.

EHEMANN: *(tippt sich an die Stirn)* Code! Das ist meine Deckadresse - meine Erkennungsnummer. Meine Funkkameraden von der anderen Feldpostnummer müssen doch wissen, auf welcher Welle ich erreichbar bin.

EHEFRAU: *(stöhnt)* Auf welcher Welle? Also doch wieder Hochwasser!

EHEMANN: Nein, ich morse doch nur! *(tippt auf die Taste)*

EHEFRAU: *(ungläubig)* Nee!

EHEMANN: Doch! *(nimmt ein langes Paket)* Ich gehe jetzt

auf das Dach und bringe meinen Parabolspiegel und die Antenne an. *(geht ab - dreht sich in der Tür noch mal um - droht mit dem Finger)* Spiel mir bitte nicht an den Morsetasten herum, und spiel mir nicht an den Knöpfen. *(geht ab)*

EHEFRAU: *(schaut misstrauisch auf die Anlage - murmelt)* Heiliges Kanonenrohr, was kommt denn da nun wieder auf mich zu?! *(Sie bewegt neugierig einige Schalter - man hört: Summ- und Pfeiftöne - sie tippt auf die Morsetaste - man merkt, die Sache fängt an, ihr Spaß zu machen. Sie wird unterbrochen: es klingelt und klopft an der Wohnungstür, man hört eine forsche Stimme rufen:* Aufmachen! Polizei! *Sie geht nach draußen, man hört von draußen erregte Stimmen, sie kommt mit einem Polizisten zurück ins Zimmer)*

POLIZIST: Können Sie mir sagen, ob … *(unterbricht sich)* Ha, da haben wir ja das Corpus delicti! *(zeigt dabei auf die Anlage)* Sie sind überführt! Sie haben gemorst!

EHEFRAU: Ich habe nur …

POLIZIST: *(winkt ab)* Hier steht eine komplette Morse- und Funkanlage!

EHEFRAU: Nun mal langsam, bei mir funkt gar nichts! Erzählen Sie mir mal ganz langsam und in sehr gesetzten Worten, was Sie so erregt!

POLIZIST: Wer ist der Besitzer dieser Anlage?

EHEFRAU: Mein Mann.

POLIZIST: Ach, und wo ist der?

EHEFRAU: Auf dem Dach!

POLIZIST: Aha! Geflüchtet!

EHEFRAU: *(konsterniert)* Warum soll der denn flüchten?

POLIZIST: Weil er gemorst hat! Zum Glück konnten wir mit unserem Peilgerät umgehend feststellen, wo der Übeltäter sitzt.

EHEFRAU: *(verschämt)* Der Übeltäter war ich! *(grinst)* Ich habe auf den Tasten etwas tippetippetapp gemacht.

POLIZIST: *(schreit)* Tippetippetapp nennen Sie das?

EHEFRAU: *(empört)* Was schreien Sie denn so? Wir sind harmlose CB-Amateurfunker und …

POLIZIST: *(unterbricht)* Harmlos nennen Sie das? Auf Ihre Morsezeichen hin läuft gerade die gesamte Nato-Flotte zum Einsatz aus.

Wo die Liebe hinfällt

Personen: Bürogehilfe, Braut (attraktiv), Standesbeamter, Bräutigam (schmächtiger und kleiner Typ)
Dekoration: Das Innere eines Standesamtes (Büro) mit 2 Türen. Schreibtisch mit Sessel. Vor dem Schreibtisch eine Bank – ein Plattenspieler mit 2 Schallplatten – 1. mit Hochzeitsmarsch – 2. mit Glockengeläut, 1 Glocke (klein)

STANDESBEAMTER: *(kommt in den Raum, stellt sich hinter den Schreibtisch, schaut auf seine Taschenuhr und ruft zur Tür):* Riemschneider!

BÜROGEHILFE: *(kommt in den Raum gerannt, spricht betont Berliner Dialekt):* Wat is denne?

STANDESBEAMTER: Wann habe ich die nächste Trauung?

BÜROGEHILFE: *(zieht einen Zettel aus der Tasche)* In zehn Minuten. Zuckerstengel gegen Salzmann – das wird eine Mischung.

STANDESBEAMTER: *(geht zum Bürogehilfen)* Ich geh eine rauchen. Wenn die Leute kommen, ich komme gleich. *(sieht auf das Hemd des Bürogehilfen)* Wie können Sie denn im Dienst so ein Hemd anziehn?

BÜROGEHILFE: Privat ging es nicht mehr.

STANDESBEAMTER: Können Sie den Kragen wenigstens mal wenden?

BÜROGEHILFE: Nee – dreimal geht nicht.

STANDESBEAMTER: Ihnen fehlt eine Frau. Möchten Sie nicht auch mal in den Stand der Ehe treten?

BÜROGEHILFE: Wenn ick mal ein Glas Milch trinken will, muß ick mir nicht gleich eine Kuh kaufen. Ich suche seit Jahren meine Traumfrau.

STANDESBEAMTER: Traumfrau! Und wie muss die sein?

BÜROGEHILFE: *(zeigt verschämt, mit großen Armbewegungen nach vorn und hinten an, wie sie gebaut sein muss)*

STANDESBEAMTER: *(geht ab)* Wenn Sie Ihre Traumfrau gefunden haben, ich traue Sie.

Es klopft an die Tür. Der Bürogehilfe haut sich in den Schreibtischsessel des Standesbeamten und geht in Position.

BÜROGEHILFE: Herein!

Die Tür geht auf, ein Brautpaar schreitet Hand in Hand näher. Er: mickerig, mit zu großem Gehrock, Ziehharmonikahose, Zylinder. Sie: mit hochgestecktem Schleier, langem Kleid mit attraktivem Dekolleté.

BÜROGEHILFE: *(steht auf)* Hier sind se verkehrt. Der Zirkus gastiert drei Häuser weiter.

BRÄUTIGAM: Wir wollen heiraten! *(gibt dabei seiner Braut einen kräftigen Klaps auf den Hintern)*

BRAUT: *(verschämt)* Lass das Egon!

BÜROGEHILFE: *(sieht mit großen Augen auf das Dekolleté der Braut, schluckt und murmelt):* Det is ja meine Traumfrau.

Die Braut himmelt den Bürogehilfen an. Der himmelt zurück.

BÜROGEHILFE: Sie wollen heiraten? *(zeigt auf den Bräutigam)* Ist das Ihr Sohn aus erster Ehe? Oder ist der Ihnen zugelaufen? Wo ist der Bräutigam?

BRÄUTIGAM: *(hebt den Zylinder)* Ich bin der Bräutigam.

BÜROGEHILFE: Was! *(fällt in den Sessel)* Dieses herrliche, rassige Superweib. Und Sie … *(sieht den Bräutigam von oben bis unten an)* … stehn Sie in einem Loch?

BRAUT: *(zieht die Schultern hoch)* Er ist nicht größer.

BÜROGEHILFE: Wie sind Sie denn an diese Wundertüte geraten? *Er führt die Braut zu einem Stuhl, kommt zurück, haut dem Bräutigam vertraulich auf die Schulter, dass der nach vorn fällt, fängt ihn auf und führt ihn zu der Bank, beide setzen sich.*

BRÄUTIGAM: *(eingeschüchtert)* Ja aber …

BÜROGEHILFE: Kein aber! Es ist Menschenpflicht, det ick dir erst mal uffkläre, Junge, das geht nicht gut! Deine Braut, dieses herrliche, prachtvolle Zirkuspferd und du … eine kleine, mickrige Ponystute …

BRÄUTIGAM: Stute????

BÜROGEHILFE: Wegen mir Wallach! Das kann nicht gutgehn. Sieh mal … sie so schön groß! Und du? … kurz über dem Erdboden hörste schon auf. Du kannst deiner Braut ja nicht mal ein Kompliment machen. Du kannst höchstens zu ihr sagen: Du hast ja reizende Nasenlöcher.

BRÄUTIGAM: Es war immer alles so schön praktisch … bei Regen konnte ich mich unter ihren Balkon stellen!

BÜROGEHILFE: … und bei schönem Wetter?

BRÄUTIGAM: *(verschämt)* … hatte ich Schatten.

BÜROGEHILFE: *(führt Braut und Bräutigam zur Tür)* Warten Sie einen Moment draußen, der Herr Amtsrat ruft Sie rein. Ich bin ja nur dazu da, um alles zu überprüfen. *(er turtelt dabei mit der Braut auffällig. Er schließt die Tür hinter beiden. Er rennt zur anderen Tür und ruft aufgeregt):* Herr Amtsrat … Herr Amtsrat!

STANDESBEAMTER: *(kommt in den Raum)* Was ist denn?

BÜROGEHILFE: *(faltet die Hände)* Herr Amtsrat, Sie müssen mir helfen. Draußen ist sie!

STANDESBEAMTER: Wer?

BÜROGEHILFE: Die Traumfrau! *(zeigt mit den Händen wieder alle ihre Vorzüge an)*

STANDESBEAMTER: Na, dann heiraten Sie sie doch.

BÜROGEHILFE: Möchte ich ja. Aber da ist noch so eine kleene Sardelle dabei, und der will ihr verehelichen.

STANDESBEAMTER: Und was sagt sie dazu?

BÜROGEHILFE: Sie will nur mir.

STANDESBEAMTER: Hat sie das gesagt?

BÜROGEHILFE: Ja, mit den Augen. Sie sagt alles mit den Augen. Sie müssen mir helfen.

STANDESBEAMTER: Lassen Sie mich nur machen. Die Traumfrau bekommen Sie und kein anderer. Holen Sie die beiden rein, schalten Sie die Musik ein, dass alles schön feierlich wird. *(setzt sich hinter den Schreibtisch in den Sessel.) Der Bürogehilfe stellt den Plattenspieler an – feierliche Hochzeitsmusik erklingt. Er öffnet die Tür, Braut und Bräutigam schreiten langsam und feierlich zu den Klängen der Musik hin zum Schreibtisch. Beide setzen sich auf die Bank.)*

STANDESBEAMTER: Liebes Brautpaar … wollen wir das Band mit der großen Glocke läuten lassen oder mit der kleinen?

BRÄUTIGAM: Wie, was …

BÜROGEHILFE: *(erklärt)* Wenn die Braut noch Jungfrau ist, läuten wir die große Glocke … sonst die kleine. *(er turtelt dabei wieder mit der Braut)*

STANDESBEAMTER: Also … Welche denn nun, die große oder die kleine?

BRAUT: *(verschämt)* Die große Glocke … *(zögert)* … und vielleicht mit der kleinen etwas dazwischenbimmeln.

Der Bürogehilfe legt die zweite Platte auf, man hört großes Glockengeläut. Dann nimmt er eine kleine Bimmel aus der Tasche und bimmelt immer dazwischen. Lässt dabei kein Auge von der Braut.

STANDESBEAMTER: *(winkt – die Glocken verklingen – das Brautpaar steht auf – spricht mit pastoraler Stimme):* Liebes Brautpaar, Sie wollen also in den Stand …

BRÄUTIGAM: *(schreit) Jaaaa!*

STANDESBEAMTER: *(schüttelt den Kopf und sieht den Bräutigam vorwurfsvoll an):* … Sie wollen also in den Stand der Ehe.

BRÄUTIGAM: *(noch lauter)* Aber genau!

STANDESBEAMTER: *(kommt hinter dem Schreibtisch vor)* So geht das nicht! Auch eine standesamtliche Trauung ist ein feierlicher, seriöser Akt. *(er nimmt den Bräutigam zur Seite, setzt ihn auf die Seitenbank und sagt):* Ich zeige Ihnen einmal, wie man sich verhält. *(zum Bürogehilfen – augenzwinkernd -):* Sie spielen jetzt mal den Bräutigam. *Der Standesbeamte vollzieht mit dem Bürogehilfen und der Braut eine original standesamtliche Trauung. Legt zum Schluss ein Formular vor, lässt beide unterschreiben.*

STANDESBEAMTER: So, jetzt sind Sie amtlich getraut, und keiner kann Sie mehr trennen. *Bürogehilfe und Braut fallen sich in die Arme, küssen sich. Der Bürogehilfe nimmt seine Superfrau auf den Arm und will zur Tür hinaus.*

BRÄUTIGAM: *(mit weinerlicher Stimme)* Was heißt hier amtlich? Was soll denn das heißen? Komm sofort her, Ella!

BRAUT: *(winkt ab)* Amtlich ist amtlich, da kann man nichts machen. Außerdem … wo die Liebe hinfällt.

BÜROGEHILFE: So spielt das Leben. Sie wollte sich ein Moped zulegen, und jetzt kommt sie mit einem Sportwagen nach Hause. *(beide verschwinden durch die Tür)*

BRÄUTIGAM: Moped – Sportwagen – sind Sie Standesbeamter oder Gebrauchtwagenhändler?

STANDESBEAMTER: Lieber Freund. Die Trauung ist rechtsgültig, da kann man nichts mehr ändern. *(hebt die Schultern und breitet die Arme aus und sagt verschmitzt):* War ein kleines Versehn von mir.

BRÄUTIGAM: *(plötzlich verklärt sich sein weinerliches Gesicht)* Übrigens … die Braut ist im vierten Monat. *(hebt die Schultern und breitet die Arme aus):* War ein kleines Versehn von mir.

Der Putenbraten

Personen: Mann, Frau, Direktor
Dekoration: modern – geschmackvoll eingerichtetes Wohnzimmer, Telefon, Tür
Die Frau ist dabei, Blumen in einer Vase zu arrangieren. Sie summt dabei eine bekannte Melodie. Das Telefon klingelt. Sie geht hin und nimmt den Hörer ab.

FRAU: Hallo – Wer … ? Ach, Ernamäuschen … du! Nein … heute kann ich nicht mitkommen, Karlchen hat doch Geburtstag … Ja … er muss gleich kommen. Wir gehn groß essen ins »Astoria«! *(im Hintergrund hört man eine Tür zuschlagen, anschließend einen Jodler)* Er kommt …! Mach's gut … Ernamäuschen. *(legt auf)*

MANN: *(stößt die Tür auf, jodelt noch einmal)* Ich grüße meine kleine Schnullimaus! *(breitet die Arme aus)*

FRAU: *(umarmt ihn)* Hallo … mein kleines Geburtstagskind *(lacht)* Ich sehe, du hast schon vorgefeiert. Du hast schon Geburtstagsstimmung! Du hast schon einen gekippt!

MANN: Ja … im Betrieb! Wir haben so gesoffen, dass die Korkenzieher geglüht haben.

FRAU: *(lacht)* Und deshalb dein »Königsjodler«!

MANN: Ja … und weißt du warum? Stell dir vor, mein Direktor hat mir aufgrund meiner Leistungen eine Gehaltszulage versprochen.

FRAU: Nein! Da kann ich mir ja endlich das Grünseidene kaufen. Und du dir deine Ringelsocken.

MANN: Ja! Und aus diesem Grund habe ich ihn heute zum Putenbraten eingeladen.

FRAU: *(fällt in einen Sessel)* Wie bitte?! Ich denke, wir gehn ins »Astoria« essen?

MANN: Bei einer Gehaltserhöhung … muss ich mich doch revanchieren.

FRAU: Ich weiß doch gar nicht, wie eine Pute angerichtet wird.

MANN: Die wird gebraten!

FRAU: Und wie lange?

MANN: Sicher … bis die Federn braun sind.

FRAU: Und wie füllt man eine Pute?

MANN: Gott … dann nimm doch schnell eine, die noch voll ist.

FRAU: *(schaut auf die Uhr)* Alle Geschäfte haben gerade geschlossen … und ich habe nur noch ein paar Würstchen im Haus.

MANN: *(fällt auch in den Sessel)* Wir sind erledigt! Würstchen für meinen Direktor?! Da bleibe ich ewig zweiter Buchhalter … und die Gehaltserhöhung können wir vergessen.

FRAU: Mach dir doch wegen dem Heini keinen Fleck ins Hemd!

MANN: Wie bitte?! Der Direktor ist bei uns der liebe Gott! *(er springt auf)* Ich werde erst einmal meinen großen roten Schal die Treppe herunterrollen … als Läufer. Haben wir keine Fahne, die wir raushängen können?

FRAU: *(lacht)* Spiel nicht verrückt! Schau zum Fenster raus, wenn er kommt, dann hat er eine Fahne.

MANN: *(rennt aufgeregt im Zimmer hin und her – kommandiert):* Mach den BH ab und …

FRAU: … wie bitte?

MANN: *(vertraulich)* Er hat mir mal erzählt, er sieht es so gern, wenn es so wippt!

FRAU: Nimm es mir nicht übel, aber …

MANN: Und im Treppenhaus riecht es wieder nach Eintopf … die Müllers haben wieder »Fußlappen« gekocht! Wo hast du denn dein … Fichtennadel-Toilettenspray?

FRAU: Sag mal: übertreibst du nicht etwas? Ich hab vom Kinderfest noch eine Girlande …

MANN: … die hängen wir auf!

FRAU: Alles gut und schön! Aber … wo nimmst du eine Pute her? Ich habe nur Würstchen im Haus.

MANN: *(hysterisch)* Mein Direktor … und Würstchen! Wie stellst du dir das vor!

FRAU: Moment! Ich habe eine Idee! Ich mach die Würstchen heiß … und wenn der Direktor kommt … sagst du: Hole bitte die Pute! Ich geh in die Küche, schmeiß einen Teller auf den Fußboden … komm ins Zimmer und sage: Der Putenbraten ist in den Dreck gefallen … dann sagst du: Mache wenigstens Würstchen heiß … und ich bringe die Würstchen.

MANN: … und wir essen die Würstchen! Das ist die Idee!

Es klingelt, beide springen auf.

FRAU: Es geht los! *(eilt Richtung Küche)*

MANN: *(ruft ihr nach)* Denk an den BH – und wippen lassen!

(geht ab – kommt mit dem Direktor zurück)

DIREKTOR: *(reibt sich die Hände)* Na – was macht meine Pute?

FRAU: *(kommt ins Zimmer)*

MANN: *(stottert)* Da-da- ist sie!

DIREKTOR: Wie bitte?

MANN: Ich mei-mei-meine, das ist meine Frau!

FRAU: *(geht durch den Raum wie auf einem Laufsteg, lässt dabei ihren Busen wippen)*

DIREKTOR: *(pfeift anerkennend)* Ihre Frau?!

MANN: *(zu seiner Frau)* Hole bitte den Putenbraten.

FRAU: *(geht mit einem koketten Blick zum Direktor ab)*

DIREKTOR: *(sieht ihr begeistert nach, murmelt):* Tolle Pute … ich meine, äh … wenn die Pute so ist wie ihre Frau … äh … ich wollte sagen, habe unverschämten Hunger! Pute geht mir über alles! *(schnüffelt)* Man riecht gar nichts!

MANN: *(stottert)* Wir ha-ha-haben 3 Ventilatoren in der Kü-Kü-Küche … mit einer großen Sau-Sau-Saugkraft.

Aus der Küche hört man in diesem Moment Krachen und Klirren, die Frau kommt schluchzend ins Zimmer.

MANN: *(schreit)* Nein – ich ahne es! *(spielt verrückt)* Meine Frau hat bestimmt den Putenbraten in den Dreck fallen lassen!

FRAU: *(schluchzt)* Nein!!!! Die Würstchen!

Der Gaststättenkontrolleur

HERR: Guten Tag! Ein freundliches Bier!

WIRT: Guten Tag! Helles oder Export?

DAME: *(ruft dazwischen)* Herr Wirt! Vielleicht kommen Sie auch mal zu mir?

WIRT: *(eilt zur Dame)* Bitte, please meine Dame. Was darf es sein?

DAME: *(im Befehlston)* Die Speisekarte und die Getränkekarte ... aber etwas flott!

WIRT: *(nimmt vom Nebentisch 2 Karten)* Bitte. Möchten Sie etwas trinken?

DAME: Ein kleines Bier. Ich nehme an das Sie wissen, wo der Eichstrich ist. *(winkt mit der Hand, dass der Wirt sich entfernen soll)*

WIRT: *(geht zur Theke zurück - nickt seinem Gast zu - zeigt mit dem Kopf auf die Dame und flüstert):* Ein zänkisches Aas! Die spricht wie mein alter Feldwebel beim Kommiss.

HERR: Ja - Ja unsere lieben Gäste. Wie geht das Geschäft?

WIRT: Wir Sachsen sagen: Es läppert sich so hin. Die Unkosten sind zu hoch. Sie sagten »unsere« Gäste?

HERR: Stimmt! Habe selbst eine Speisegaststätte mit Ausschank. Nur Ärger mit den Gästen. Und mit der Steuer.

WIRT: Das stimmt! Meine Reinemachefrau verlangt …

HERR: *(unterbricht)* ... Sie sagen Reinemachefrau?! Ich muss meine mit »Lady Müllfort« anreden.

WIRT: *(lacht)* ... vornehm geht die Welt zugrunde! Übrigens, haben Sie auch so einen hohen Wasserverbrauch?

HERR: *(lacht mit)* Nur wenn bei mir viel Wein verlangt

wird. *(kneift dabei ein Auge zu; der Wirt hat 2 Gläser Bier eingeschenkt – ein Bier stellt er vor seinem Gast hin, das andere bringt er der Dame an den Tisch.)*

DAME: *(nimmt das Bierglas, hält es gegen das Licht und sagt zum Wirt):* Ich könnte Ihnen einen Tipp geben, wie Sie die doppelte Menge Bier umsetzen.

WIRT: *(erfreut)* Neee! Wie denn?

DAME: Sie brauchen die Gläser nur bis zum Eichstrich voll zu machen.

WIRT: *(lacht verlegen)* Ich mache die Biergläser mit Absicht nicht ganz voll – ich bin nämlich Vorsitzender im Verein der Alkoholgegner.

DAME: *(aufgebracht)* Ihre blöden Witze werden Ihnen bald vergehen. Ich studiere jetzt die Speisekarte, und wenn ich Sie brauche, rufe ich Sie.

WIRT: *(geht zu dem Gast an der Theke zurück)* Haben Sie das gehört? Diese … diese … Salatschnecke! Seitdem die hier ist, hat die nur zu meckern.

HERR: Meckern – ist doch ihr Beruf. Kennen Sie »die« denn nicht ?

WIRT: *(schaut zum Tisch – schüttelt den Kopf)* Neeee!

HERR: *(dreht sich nach allen Seiten vorsichtig um, flüstert geheimnisvoll):* Die ist doch aus der Verwaltung – Oberprüferin für Speise- und Getränkegaststätten für zulässige Speise- und Getränkepreise. Das ist eine ganz Scharfe!

WIRT: Neee! So ein Ferkel

HERR: Quatsch! Ich meine eine Scharfe bei der Preiskalkulation. Die hätte mich doch bald ruiniert!

WIRT: Neee! Was Sie nicht sagen. Die da?! *(zeigt dabei mit dem Kopf auf die Dame)*

HERR: Jaaaa! Die beanstandet alles. Die ist so genau, die zählt sogar im Bierschaum die Blasen nach.

WIRT: Neee! Ich werde verrückt!

HERR: Jaaaa! Beim Spinat prüft Sie, ob er farbecht ist, und in der Suppe zählt sie die Gräupchen nach.

WIRT: Neeeeeeeee! Und Sie will bei mir etwas bestellen.

HERR: Da werden Sie etwas erleben! Die hat mein Schnitzel gegen das Licht gehalten, ob man durchsehen kann. Sie legt dann auch das Strafmaß fest, von einer halben Stunde bis lebenslänglich.

WIRT: *(fasst sich an den Kopf)* Großer Gott! Was mache ich bloß?

HERR: Haben Sie denn kein einwandfreies Essen?

WIRT: *(winkt ab)* Moment! Ich müsste schnell über die Straße laufen und etwas aus der Betriebsküche von Kleckermann und Sohn holen.

HERR: Und Ihre Küche? Ist das Essen nicht besonders?

WIRT: *(fasst sich wieder an den Kopf)* Besonders schon! Besonders ungenießbar! Meine Frau kocht selbst, und die kann kochen was Sie will, es kommt immer Gulasch raus. *(sieht seinen Gast verzweifelt an)* Ob ich der Geld anbiete?

HERR: Das würde ich versuchen.

DAME: *(ruft)* Herr Wirt

HERR: Die Schlacht beginnt!

WIRT: *(schaut nach oben faltet die Hände und ruft mit pastoraler Stimme)* Josef gib mir ein Zeichen, dass ich die Schlacht gewinne.

DAME: *(ruft lauter)* Herr Wirt! Wo bleiben Sie denn?

HERR: *(schlägt dem Wirt aufmunternd auf die Schulter, dass er nach vorn fällt und ruft)* Auf in den Kampf, Tornado!

WIRT: *(ist durch den Schlag bis vor den Tisch der Dame gelandet, rappelt sich hoch und fragt eingeschüchtert)* Was möchten Sie bitte?

DAME: Was können Sie mir empfehlen?

WIRT: *(weinerlich)* Eine andere Gaststätte. Im Gasthaus zum »Goldenen Anker« isst man sehr gut.

DAME: Ich esse bei Ihnen. *(zeigt auf die Karte)* Was!! Sie verlangen für einen Rollmops … 12 Mark?

WIRT: *(stottert)* Na ja, a – a - aber das Ho – Ho – Holz was da durchgeht, i – i – ist aus Mahagoni.

DAME: Hier steht: Zunge … ist die frisch?

WIRT: Ja! Mit der können Sie sich noch unterhalten – aber unser Gulasch …

DAME: *(unterbricht)* Ich möchte keinen Gulasch! Ihren Gulasch können Sie sich an den Hut stecken.

WIRT: Das geht nicht, da hab ich schon vier Rouladen oben!

DAME: Haben Sie nicht etwas Pikantes?

WIRT: Etwas Bekanntes?

DAME: Nicht Bekanntes – etwas Pikantes. Sie Blödmann! Etwas Aufregendes?

WIRT: Etwas Aufregendes – Selleriesalat!

DAME: Quatsch! Etwas Besonderes. Und nun ziehen Sie ab und bringen Sie etwas.

WIRT: *(macht großen Kratzfuß)* Bitte, please – meine verehrte Dame. *(Der Wirt verschwindet durch die Tür, kommt wieder, geht zur Theke, wischt sich den imaginären Angstschweiß ab, flüstert vertraulich)* Ich habe meine Frau in ein Delikatessengeschäft geschickt, die holt etwas – die haben nur erstklassige Sachen. *(greift zur Flasche)* Diese Aufregung! Jetzt muss ich erst mal einen zur Brust nehmen. *(zu seinem Gast)* … trinken Sie einen mit? *(Wirt schenkt ein, beide trinken aus, Wirt verschwindet hinter der Tür, kommt mit dem Essen wieder, serviert der Dame, kommt wieder zur Theke. Beide beobachten die Dame beim Essen.)*

HERR: Dabei – im Profil sieht Sie ganz nett aus.

WIRT: Da sieht man ja auch nur die Hälfte. *(schenkt noch zwei Wodka ein)* Prost!

HERR: Die Letzten bezahle ich.

WIRT: Nein! Kommt gar nicht in Frage. Sie haben mich vielleicht vor »lebenslänglich« bewahrt! Sie haben mir doch den Tipp mit der Kontrolleuse gegeben. *(schaut wieder zum Tisch)* Jetzt ist die fertig mit essen, mal sehn, was Sie sagt. *(Er eilt zum Tisch – macht einen devoten Kratzfuß)* Waren gnädige Dame zufrieden? *(schiebt dabei einen Hundertmarkschein über den Tisch).*

DAME: *(nimmt den Schein)* Was soll den das?

WIRT: Ich bin abergläubisch! Sie waren heut mein erster Gast – mein erster Gast bekommt immer einen Geldschein. Wir sagen: Wenn der erste Gast zufrieden weggeht, wird es ein guter Tag. Es ist wie beim Glücksschwein – und Sie waren unser ... unser erstes ...

DAME: Wie bitte!

WIRT: *(stottert)* Ich mei- mei- meine, unser erstes Glück. Das muss ich meiner Frau sagen. *(Verschwindet mit großer Verbeugung durch die Tür. Von der Theke kommt der Herr – gibt der Dame einen vertraulichen Klaps drauf und flüstert)*

HERR: Na, Liebling! ... wie war es?

DAME: Na, fantastisch! *(hält den Geldschein hoch)* Wir haben einhundert Mark, und ich habe vorzüglich gegessen. *(reibt sich genüsslich den Bauch)*

HERR: *(nimmt ihr den Geldschein weg und steckt ihn ein)* ... und ich habe einen Hunger! In der nächsten Gaststätte tauschen wir die Rollen, da spiele ich den Kontrolleur.

Die Uhr

Personen: Richter, Delinquent – Müller, Gerichtsdiener
Dekoration: improvisierter, kleiner Gerichtssaal; ein Richtertisch mit großem Sessel; auf dem Tisch steht eine Karaffe mit Wasser und ein Glas. In der Ecke ein Blumenkübel. In dem Sessel sitzt der Richter in Robe und Kappe.

DIENER: … Soll ich den Nächsten reinschicken?

RICHTER: *(hebt die Hand)* Moment! Erst einmal durchatmen. Also wissen Sie: Richter an einem Schnellgericht ist schon fast eine Strafe. In 8 Stunden habe ich jetzt 18 Fälle bearbeitet … Na ja, jetzt kommt zum Glück der letzte Fall. *(blättert in seiner Mappe)* … und den schaff ich auch noch. Schicken Sie mir mal den Fall Müller rein.

DIENER: *(geht ab und ruft dabei):* Der Fall Müller bitte!

MÜLLER: *(kommt – geht zum Richtertisch)*

RICHTER: Sagen Sie mal … Ihr Galgenvogelgesicht, das kenne ich doch!

MÜLLER: *(mit freundlichem Gesicht)* Aber jaaaa! Sie haben mich schon einmal verknackt … inzwischen war ich vier Wochen auf freiem Fuß … ist Post für mich gekommen?

RICHTER: Ruhe! Zur Sache … wer hat Sie eingeliefert?

MÜLLER: Zwei Polizisten.

RICHTER: Aha! Wieder besoffen … was?

MÜLLER: Ja … ja! Alle beide.

RICHTER: Ich meine Sie!

MÜLLER: Jawohl … Euer Ehren.

RICHTER: Sie heißen Müller … werden beschuldigt, eine Uhr geklaut zu haben.

MÜLLER: Ich habe keine Uhr …

RICHTER: Ruhe! Ihre ständige Anschrift?

MÜLLER: Kupferplatz – Euer Ehren.

RICHTER: Kupferplatz????? Kenn ich nicht!

MÜLLER: Ganz wilde Ecke … da kann man nur mit dem Beil aus dem Fenster gucken … da nehmen sie nachts die Häuser rein, sonst sind sie früh weg.

RICHTER: Ich lese hier gerade … Sie wohnen ja Goetheplatz!

MÜLLER: Ach ja … das habe ich verwechselt.

RICHTER: Wie kann man denn den Goetheplatz mit dem Kupferplatz verwechseln?

MÜLLER: Ich habe Goethe mit Schiller … Schiller mit Lessing … Lessing mit Messing und Messing mit Kupfer verwechselt.

RICHLER: Sie sind ja blöder als die Polizei erlaubt.

MÜLLER: Ich habe eine Sondergenehmigung.

RICHTER: Das beruhigt mich ja ungemein. Wo sind Sie geboren?

MÜLLER: In Dresden.

RICHTER: Das auch noch … ein Sachse.

MÜLLER: Moment! Ich bin ein Berliner.

RICHTER: Wenn Sie in Dresden geboren wurden, sind Sie ein Sachse und zum Glück kein Berliner.

MÜLLER: Pardon … Euer Ehren! Meine Mutter war eine Berlinerin … mein Vater war ein Berliner … also muß ich doch auch ein Berliner sein.

RICHTER: Nein … Sie sind in Dresden geboren, also ein Sachse.

MÜLLER: Wieso denn? Wenn eine Katze im Fischgeschäft Junge bekommt, sind das doch auch keine Heringe.

RICHTER: Sie sind ein Quertreiber! Hier habe ich den Beweis … *(haut auf die Akte)* in einer Woche 4 Arbeitsstellen.

MÜLLER: Können Sie mal seh'n, wie die Leute sich um mich reißen.

RICHTER: Keine Frechheiten! Sie befinden sich hier auf einem Schnellgericht ... Sie wissen doch, was ein Schnellgericht ist?

MÜLLER: Ja ... Gulasch mit Kartoffeln.

RICHTER: *(fasst sich an den Kopf)* Oh! Ich gebe auf! Also ... Sie werden beschuldigt, eine Uhr geklaut zu haben.

MÜLLER: Ich habe die Uhr bestimmt nicht! *(hebt dabei drei Finger)*

RICHTER: Wir werden alles feststellen ... ich hole nur noch die anderen Akten, und Sie rühren sich nicht von der Stelle. *(Richter geht kurz hinaus)*

MÜLLER: *(zieht eine Flasche Wodka aus der Tasche – trinkt – nimmt die Karaffe und schüttet das Wasser in den Blumenkübel – füllt seinen Wodka in die Wasserkaraffe und stellt alles wieder an seinen Platz)*

RICHTER: *(kommt mit einer Mappe)* So ... hier habe ich alles aktenkundig.

MÜLLER: Euer Ehren ... mir ist schlecht ... könnte ich einen Schluck von Ihrem Wasser haben?

RICHTER: Bitte ... bin kein Unmensch. *(er gießt ein und gibt das volle Glas Müller)*

MÜLLER: *(trinkt aus)* Mmmmmmm! Euer Ehren ... Sie haben ein sehr gutes Wasser ... so ein Wasser in jeder Leitung, da wär' eine Stimmung in der Stadt.

RICHTER: Lenken Sie nicht ab! Ich lese hier: Ein Beamter hat Sie verfolgt ... hat er Sie angerufen?

MÜLLER: Ich habe kein Telefon.

RICHTER: Ich meine, der Beamte. Was hat er gemacht?

MÜLLER: Ach der ... einmal hat er gerufen: Halt! Und dann wieder ... oder ich schieße ... der wusste gar nicht, was er wollte. Oh ... mir wird wieder schlecht

… kann ich noch einen Schluck Wasser aus der Karaffe bekommen?

RICHTER: Bitte! *(gießt ein)*

MÜLLER: *(trinkt)* Ein herrliches Wasser! *(fängt an zu singen)* – lalilala!

RICHTER: Was ist denn mit Ihnen los? Haben Sie manchmal einen geistigen Defekt?

MÜLLER: Manchmal ja! Euer Ehren … da höre ich Stimmen und seh niemanden.

RICHTER: So … wann denn?

MÜLLER: Zum Beispiel wenn ich telefoniere.

RICHTER: Kommen wir zum Schluss! Haben Sie Kinder?

MÜLLER: Einen Jungen … Euer Ehren.

RICHTER: Lernt der etwas Ordentliches?

MÜLLER: Ja … der klaut schon besser wie ich.

RICHTER: Aha! Jetzt habe ich Sie. Sie klauen also und geben den Diebstahl zu?

MÜLLER: Ich gebe gar nichts zu … Ich habe die Uhr nicht geklaut … ich habe nie eine Uhr besessen … ich weiß nicht, wie eine Uhr aussieht … ich weiß gar nichts, mir ist nur schlecht und ich hätte gern einen Schluck Wasser.

RICHTER: *(gießt ein)* So und nun ist Schluss! Es reicht mir! Ich kann Sie leider wegen Mangel an Beweisen nicht einsperren, aber die Gerichtskosten zahlen Sie!

MÜLLER: *(trinkt aus und singt wieder)* Lalalilala!

RICHTER: Und wann können Sie bezahlen?

MÜLLER: *(mit schwerer Zunge)* Sobald ich die Uhr verkauft habe. *(er geht singend ab)* Lalilala!

RICHTER: *(steht auf, ordnet die Akten)* Das war ein verstocktes Aas. Aber ich habe keine Handhabe gegen ihn … der hatte mir so kurz vor Feierabend gerade noch gefehlt … jetzt habe ich wegen dem Kerl noch Überstunden gemacht. Wie spät ist es eigentlich ... *(will auf seine Uhr schauen – erstarrt)* Jetzt hat der doch meine Uhr auch noch geklaut. *(fällt zurück in den Sessel)*

Aus dem Flur hört man Müller laut singen – lalalilali!

RICHTER: Jetzt brauche ich aber auch einen Schluck Wasser. *(gießt sich ein großes Glas voll – trinkt es mit einem Zug aus – verdreht die Augen – steht auf und geht singend ab)* Lalilala! Lalilalalala!

Der Stammhalter

Personen: Karl (selbstsicherer Typ), Egon (ängstlicher Typ), Paul (penibler Typ), Schwester

Dekoration: Wartezimmer einer Frauenklinik. Mehrere Stühle. Auf einem der Stühle sitzt ein Mann (Paul), kleiner Tisch (Tonbandgeräte oder Kassettenrecorder mit bespieltem Band, Babygeschrei).

Die Tür öffnet sich, eine Schwester lässt zwei Männer in den Warteraum; der eine ist groß und selbstsicher, hat eine Aktentasche (gefüllt mit einer Thermosflasche) bei sich – der andere ist klein und ängstlich.

SCHWESTER: So meine Herren! Hier können Sie alle drei gemeinsam auf das freudige ... auf Ihren Nachwuchs warten. Sobald es soweit ist, komme ich und sage Bescheid. *(geht ab und schließt die Tür)*

KARL: *(sieht ihr nach und pfeift)* Haben Sie gesehn? ... bei der können die Babys nicht so leicht verhungern. *(deutet mit den Händen an, was er meint)*

Alle drei sitzen, Egon dreht verlegen seinen Hut in den Händen. In diesem Moment hört man Babygeschrei; alle drei springen auf.

KARL: Habt Ihr gehört Leute … mein Baby ist schon da! Na ja, meine Frau war schon immer etwas flott … bei der geht alles »locker vom Hocker«!

PAUL: Wieso … Ihr Baby???? Haben Sie nicht bemerkt … ich war vor Ihnen da! Außerdem, was da schreit … diese Stimme … das kann nur mein Sohn sein.

KARL: Lieber werdender Vater … was heißt hier: vorher da? Deswegen … und überhaupt, kann es doch mein Baby sein.

PAUL: *(empört)* Ach … wenn es schon nicht der Reihe nach geht, kann es ja auch sein Baby sein. *(zeigt dabei auf Egon)*

EGON: *(spricht sächsisch)* Neee! Da hätte der Kleene doch auf sächs'sch geblägt.

KARL: *(lenkt ein)* Aber … aber Männer! Wir werden uns doch nicht streiten … in unserer schwersten Stunde müssen wir doch zusammenhalten.

EGON: Richtig … Kameraden! Er hat recht! Ich weiß da Bescheid … ich bin schon zum dritten Mal hier und jedes Mal Drillinge … und alles Jungs … wenn es nur diesmal ein Mädchen würde … und bloß nicht wieder Drillinge.

PAUL: Drei Jungs auf einmal … ich wäre froh, wenn ich einen Jungen hätte … ich habe schon zwei Mädchen.

KARL: *(zeigt auf Egon)* Was denn?! Diese halbe Portion hat Drillinge, wie schafft der denn das?

EGON: Drillinge … hat auch seine Vorteile! Zum Beispiel beim Essen … da ist es wie bei den kleen Ferkeln … in der Masse fressen sie besser.

PAUL: Meine Mädchen essen gut … ich habe ja auch einen Kursus gemacht … sozusagen … in Babypflege.

KARL: Babypflege … das musst du mir erläutern, da musst du mir deine Erfahrung vermitteln.

PAUL: *(rückt einen kleinen Tisch an die Wand und erklärt)* Ich zeige dem Karl, wie alles bei der Babypflege vor sich geht.

EGON: Vor allem, wie ein Baby trockengelegt wird. Nicht, dass Karl denkt, es bekommt nur Trockenmilch und wird hinterher abgestaubt. *(lacht)*

PAUL: *(zu Egon)* Wie hast du es denn gemacht, wenn deine Frau nicht da war?

EGON: Meine Jungs … kommen den ganzen Tag auf den Topf … und wenn einer mal muss … nehm ich ihn runter.

PAUL: *(hat ein großes Taschentuch auf dem Tisch ausgebreitet)* Hat mal einer etwas, was die eventuelle Größe und Form eines Babys hat?

KARL: *(nimmt seine Aktentasche – zieht eine große Thermosflasche heraus)* Hier … die kleine »Thermoli«! *(lacht)*

EGON: *(lacht mit)* Junge oder Mädchen?

PAUL: *(legt die Thermosflasche auf das ausgebreitete Taschentuch – zu Egon)*: Siehst du doch! … weder und noch. Ich persönlich möchte nur einen Jungen, wenn es nur ein Junge wird. *(faltet die Hände – schaut nach oben und stöhnt)*: Immer diese Ungewissheit!

KARL: Es soll Kliniken geben mit einem »Rooming in« … da können die Männer bei der Geburt dabei sein.

EGON: *(verschämt)* Neeeeee!

KARL: Bei der eigenen Frau, natürlich!

PAUL: Es gibt sogar schon Babys aus der Retorte!

EGON: Sicher nur … für ganz bequeme Männer.

PAUL: So … nun zeige ich Euch mal, wie unsere »Thermoli« trockengelegt wird. Erst die linke Ecke nach oben … dann die rechte Ecke nach oben … dann die untere nach vorn. *(macht alles vor)*

KARL: Aha … der sogenannte »Dreierpack«!

PAUL: Wenn man alles richtig macht, wird aus dem kleinen Baby einmal ein großer, kräftiger Mensch.

KARL: *(schaut auf den kleinen Egon)* … auch nicht immer! *(alle lachen)*

PAUL: *(nimmt das gewickelte Bündel in den Arm und schaukelt es)*

KARL: Was machst du denn? Du verschüttest ja meinen Gesundheitstee.

EGON: Er macht es aber richtig! Wenn der Kleene einschlafen soll, muss er geschaukelt werden.

PAUL: Psssst! Jetzt schläft er. *(er legt das Bündel vorsichtig auf den Tisch)*

EGON: *(flüstert)* »Thermoli« ist eingeschlafen. Ruhe!

KARL: *(nickt zustimmend mit dem Kopf)*

Alle drei gehen leise und vorsichtig mit ausgebreiteten Armen und hochgezogenen Knien – mit gleichmäßigen Bewegungen – leise zu ihren Stühlen. Die Tür öffnet sich, und die Schwester schaut erstaunt auf die drei Männer.

SCHWESTER: Was machen Sie denn da? Probieren Sie den Tanz: »Schwanensee« neu ein?

PAUL: *(flüstert)* »Thermoli« ist eingeschlafen.

SCHWESTER: *(erstaunt)* Wer?

KARL: Psssst! *(zeigt auf das Bündel)* »Thermoli«!

PAUL: Ich hab den beiden gezeigt, wie man bei einem Baby eine »Generalinspektion« macht.

SCHWESTER: *(schüttelt den Kopf, spricht aber unwillkürlich auch ganz leise):* Ich wollte Ihnen nur sagen … *(schüttelt dabei Egon an der Schulter)* Sie sind gerade wieder glücklicher Vater geworden.

EGON: *(schreit) Hurra! (erschrocken leise)* Hurra!

KARL: *(stößt Paul an)* … der Kleene kommt als letzter und …

PAUL: … und macht das Rennen.

EGON: *(aufgeregt)* Was ist es denn? … ein Mädchen?

SCHWESTER: Ja … ein Mädchen! Und zwar das in der Mitte.

EGON: *(fasst sich an den Kopf)* Wieder Drillinge. *(hebt die Schultern)* Das ist die Strafe … von oben … ich bin Großhändler … ich habe meinen Kunden auch immer mehr geschickt, wie sie bestellt hatten. Aber die Kleene muss ich sehn! *(saust durch die Tür ab)*

KARL: *(schaut hinterher, schüttelt den Kopf)* Viermal Drillinge … man sagt doch immer: Bei der Geburt eines Kindes soll man einen Baum pflanzen …

PAUL: … wenn der das gemacht hätte, würde der jetzt im Walde leben.

KARL: Aber wieder zwei Jungs dabei.

PAUL: Wenn es doch bei mir diesmal auch ein Junge würde.

SCHWESTER: *(stößt die Tür auf, auf dem Arm ein Baby)* … und nun der zweite glückliche Vater.

PAUL: *(stürzt auf die Schwester zu, fummelt an dem Bündel herum und schreit)*: Hurra! Es ist ein Junge! … mein Junge. Ich spüre es, Schwester, es ist ein Junge. Ich fühle es direkt … Es ist ein Junge!

SCHWESTER: *(empört)* Was ist denn mit Ihnen los? Erstens … ist das nicht Ihr Kind … sondern seins *(zeigt dabei auf Karl)* … zweitens ist es ein Mädchen und drittens: … lassen Sie endlich meinen kleinen Finger los.

Viermal Mayer

Personen: Frau – (jung), 1. Mann – Architekt (gut aussehend), 2. Mann – Teppichhändler (Türke), 3. Mann – Zahnarzt

FRAU: *(telefoniert)* Hallo – Elsa … ich bin es, Dorle! Du sag mal: Du warst doch mal bei einem Zahnarzt, der so gut war? … Wie hieß denn der? Wie …? M a y e r! Und wo wohnte der? … Blumenstraße 61 – Ja … bei mir wackelt eine Plombe und außerdem ist die Brücke nicht in Ordnung. Ich geh sofort hin! Was? Was denn …? In dem Haus gibt es 4 Mayer! Na ja, ich werde schon den Richtigen finden. Besten Dank! Wiedersehn!

Ein modernes, kombiniertes Wohn- und Arbeitszimmer mit einer großzügigen Sitzkombination – an einem Zeichenbrett steht ein gutaussehender Mann (Architekt) – man hört das melodische Läuten einer Bim-Bam-Türglocke; er öffnet, eine junge Dame kommt in den Raum.

FRAU: Hoffentlich haben Sie Sprechzeit?

ARCHITEKT: Das kommt darauf an, was Sie möchten. *(er bietet ihr einen Sessel an)* Bitte!

FRAU: Sie sind doch Herr Mayer?

ARCHITEKT: Aber ja!

FRAU: Ich komme wegen der Brücke!

ARCHITEKT: Da sind Sie genau richtig! Brücken sind meine große Spezialität. Ich zeichne gerade an einem Modell! *(spricht schnell)* Nun muss ich erst mal wissen: Soll es eine Hängebrücke werden … oder eine mit Pfeiler … wollen Sie oben ein Geländer haben und links und rechts ein Türmchen … eventuell mit einer kleinen Fahne?

FRAU: *(erstaunt)* Mit Geländer und Fahne? Wie soll denn das aussehen?

ARCHITEKT: Muss nicht sein! Wir machen die Brücke so, dass sie in der Mitte geteilt ist und dass man sie dann hochziehn kann.

FRAU: Ja, aber … ich weiß nicht … ?

ARCHITEKT: Sie brauchen keine Bedenken zu haben! Ich überdache alles, dass uns der Beton nicht wegschwimmt.

FRAU: Beton? Muss das denn sein?

ARCHITEKT: Beton ist das Wichtigste! Wenn der Untergrund nicht besonders ist, müssen wir ihn unter die Pfeiler schießen. Wichtig ist auch, dass an jedem Pfeiler eine Lampe ist und dass die Brücke einseitig befahrbar ist.

FRAU: *(ängstlich)* Wer will denn meine Brücke befahren?

ARCHITEKT: Keine Sorge! Ich überwache alles selbst. Das Wichtigste ist immer, dass in die Brücke die Bolzen richtig eingeschlagen werden. Wir nehmen am besten einen Dampfhammer!

FRAU: *(hält ängstlich die Hand vor den Mund)* Mit einem Dampfhammer?

ARCHITEKT: Aber ja! Sonst hauen die Eisschollen Ihre Pfeiler weg. Haben Sie eigentlich alte Brückenreste, die wir in die Luft sprengen müssen?

FRAU: Wie bitte? Ich dachte, Sie nehmen die alte Brücke und kleben sie nur. Und die Plombe …

ARCHITEKT: *(unterbricht)* … eine Brücke kleben? Vielleicht mit Kukident? *(lässt sich in den Sessel fallen – hält sich die Stirn)* Kukident! Mir geht ein Licht auf – eine ganze Festbeleuchtung! Sie wollen zum Zahnarzt Mayer, wegen Ihrer Brücken.

FRAU: Sind Sie nicht …

ARCHITEKT: *(lacht)* Nein! Ich bin der Architekt Mayer und baue Brücken über Täler und Flüsse. Ich habe meine Brücken noch nie mit Kukident geklebt.

FRAU: *(erhebt sich)* Ich bitte um Entschuldigung!

ARCHITEKT: *(geleitet sie zur Tür)* Alles Gute beim Zahnarzt Mayer. *(vertraulich)* Aber lassen Sie sich keine Hängebrücke einbauen.

Türkischer Teppichhändler: auffälliger, bunter Morgenmantel, mixt sich ein Getränk; ein Glockenspiel zeigt an, dass jemand an der Tür ist. Er öffnet und lässt die Dame ins Zimmer, bietet ihr einen Sessel an.

TEPPICHHÄNDLER: Darf ich Ihnen auch echten türkischen Cocktail mixen?

FRAU: O ja! Ich kann jetzt einen vertragen. Ich komme doch wegen meiner Brücke zu Ihnen. Ich war vollkommen verkehrt! Ich bin beim Falschen gelandet.

TEPPICHHÄNDLER: *(reicht ihr den Cocktail)* Wer wegen einer Brücke nicht zu Mustafa Mayer kommt, ist immer falsch. *(stößt mit seinem Glas an das ihre)* Salute!

FRAU: Sie werden mich als Fachmann verstehn! Eine Brücke ist so wichtig.

TEPPICHHÄNDLER: *(setzt sich auf den Rand ihres Sessels)* Ja, Brücke ist immer wichtig. Sonst hat man immer kleine, kalte Füßchen! *(angelt dabei nach ihren Füßen)*

FRAU: *(etwas konsterniert)* Aber nun zu meiner Brücke!

TEPPICHHÄNDLER: Mustafa Mayer, haben jede Brücke! Persische – indische – bulgarische, oder wollen Sie eine ägyptische? Wollen Sie eine mit Muster oder mit Ornamenten? Eine die nicht so leicht fusselt oder eine mit Fransen? Oder vielleicht eine mit einem kleinen Flor, die leicht sauber zu machen ist?

FRAU: Saubermachen? Na, aber … Ich dachte, mit der Zahnbürste …?

TEPPICHHÄNDLER: Zahnbürste? Meine Kunden nehmen nur Kehrmaschine. *(angelt nach ihrer Hand)* … die süßen, kleinen Fingerchen dürfen nicht arbeiten.

FRAU: Ja, aber …

TEPPICHHÄNDLER: Kein aber! *(er beugt sich zu ihr herunter, als wenn er ihren Hals küssen wollte)* Für so eine schöne Dame hat Mustafa die schönsten Brücken. Wollen Sie eine handgeknüpfte, oder wollen Sie sie an die Wand hängen, oder wollen Sie darauf herumtrampeln?

FRAU: Auf meiner Brücke … herumtrampeln?

TEPPICHHÄNDLER: *(beugt sich wieder zu ihr herunter)* Für besonders nette Damen hat Mustafa gebrauchte Brücken … gut erhalten … zum halben Preis!

FRAU: *(empört)* Ich nehme doch keine gebrauchte … wo andere schon darauf herumgekaut haben.

TEPPICHHÄNDLER: *(erstaunt)* … herumgekaut? Mustafa hat doch keine Kunden, die in den Teppich beißen!

FRAU: Teppich??? Sind Sie denn nicht der Zahnarzt Mayer?

TEPPICHHÄNDLER: Leider nein! *(fasst wieder nach ihrer Hand)* Sieht Mustafa so aus, als wenn er von der »Hand im Mund« lebt?

FRAU: Wo wohnt denn nun dieser dämliche Zahnarzt Mayer?

TEPPICHHÄNDLER: *(öffnet die Tür, zeigt auf die gegenüberliegende Tür)* Da! *(macht großen Kratzfuß)* Ich bin untröstlich, dass Sie mich wieder verlassen! Aber Sie wollen ja keine Brücke mit Fransen. Obwohl … Fransen an den Zähnen wär gar nicht so schlimm! *(leise)* Meine Frau hat Haare auf den Zähnen, das ist viel schlimmer! *(schließt die Tür)*

Der Zahnarzt in weißem Kittel sortiert Instrumente. Die Frau wankt ins Zimmer, lässt sich in einen Sessel fallen.

FRAU: Hoffentlich sind Sie der richtige Mayer – ich kann nicht mehr … ich möchte nur …

ZAHNARZT: *(erstaunt)* Wie kommen Sie denn rein? War die Tür noch offen? Es tut mir leid, ich habe Feierabend, und die Schwester ist auch schon weg!

FRAU: *(fällt auf die Knie)* Lieber Herr Doktor, helfen Sie mir! Ich brauche die Brücke. Aber bitte ohne Fransen … ohne Muster … ohne Fussel und ohne große Ornamente! Ich hänge sie auch nicht an die Wand und trete nicht darauf herum. Wegen mir können Sie mir Beton unter die Pfeiler schießen, aber bitte keine Hängebrücke … wegen mir schießen Sie die Bolzen mit dem Dampfhammer rein, nur eine Brücke … eine Brücke … eine Brücke!

ZAHNARZT: *(hat erschrocken zugehört)* Liebe Frau … leider kann ich Ihnen nicht helfen, wie ich merke … sind Sie wieder bei dem verkehrten Mayer … der Mayer, den Sie brauchen, wohnt ganz unten … das ist der Psychiater Mayer!

Der »Tante Emma«-Laden

Personen: ältere Verkäuferin, junger Kunde
Dekoration: Das Innere eines Tante-Emma-Ladens, rechts eine Eingangstür mit sehr hoher Türschwelle. Eine ältere Frau, die Besitzerin des Geschäfts, ordnet einige Gegenstände. Sie schaut verschmitzt drein. Ein junger Mann will den Laden betreten, fällt aber über die viel zu hohe Türschwelle.

VERKÄUFERIN: Hoppla!

KUNDE: *(richtet sich halb auf)* Nur gut, dass Sie eine Dame sind, sonst hätte ich jetzt das Bedürfnis, ein sehr schlechtes Wort zu sagen.

VERKÄUFERIN: *(fröhlich)* Sie dürfen es!

KUNDE: *(steht auf, reibt sich sein Knie und murmelt verhaltend)* Verdammte Scheiße!

VERKÄUFERIN: So, junger Mann, ist Ihnen jetzt etwas wohler? *(scheinheilig)* Sie sind wohl gefallen?

KUNDE: Haben Sie gedacht, ich habe vor Ihnen freiwillig einen Kniefall gemacht?

VERKÄUFERIN: *(schmunzelt)* Warum nicht? *(schaut dabei auf ihre attraktive Oberweite)* Hätte doch sein können! Viele ältere Damen … Die Knef, die Brigitte Mira, die Lili Palmer oder die Grit Boettcher haben sich alle jüngere Männer genommen.

KUNDE: *(ärgerlich)* So wie ich aussehe, nimmt mich keine Frau. *(schaut an sich runter)* Voller Staub und Schmutz.

VERKÄUFERIN: *(greift in ein Regal)* Hier ist eine Bürste zum Abbürsten. Ich lass Ihnen die Bürste für 5 Mark, ich kann sie ja nicht weiter verkaufen, wenn sie benutzt wurde.

KUNDE: *(bezahlt, nimmt die Bürste und bürstet sich ab)* Ich spüre es, von meinem Knie ist die Haut ab.

VERKÄUFERIN: *(fasst ins Regal)* Hier ist Heftpflaster, für 1 Mark.

KUNDE: *(bezahlt, streift die Hose hoch, klebt das Heftpflaster auf sein Knie und schreit):* Au! Das schmerzt!

VERKÄUFERIN: *(greift ins Regal)* Hier sind Tabletten gegen alle Schmerzen, kosten 3 Mark.

KUNDE: *(bezahlt)* Wie soll ich die runterbekommen?

VERKÄUFERIN: *(greift ins Regal)* Hier, eine Flasche Tafelwasser, für 1,80 Mark.

KUNDE: *(bezahlt, schluckt die Tablette, spuckt sie sofort wieder aus)* Die schmeckt ja furchtbar! *(bekommt einen Hustenanfall)*

VERKÄUFERIN: *(greift ins Regal)* Hier habe ich etwas gegen Hustenanfälle. Hustenbonbon für 2,50 Mark.

KUNDE: *(bezahlt und nimmt einen Bonbon, spuckt ihn sofort wieder aus)* Das schmeckt ja noch schlimmer! Wie bekomme ich den Geschmack wieder los?

VERKÄUFERIN: *(greift ins Regal)* Hier, ein Flachmann … ein Original-Kräuterlikör, der spült jeden anderen Geschmack weg. Kostet allerdings 6 Mark.

KUNDE: *(bezahlt, nimmt einen großen Schluck, verzieht das Gesicht und stöhnt)* Das schmeckt ja wie Petroleum!

VERKÄUFERIN: *(nimmt ihm die Flasche weg, schaut auf das Etikett und sagt):* Ist ja auch Petroleum, hab mich vergriffen. *(greift ins Regal)* Hier sind Papiertaschentücher, Sie haben sich bekleckert. Die kosten für Sie 1 Mark.

KUNDE: *(bezahlt)* Und was wird mit dem Petroleumgeschmack in meinem Mund?

VERKÄUFERIN: *(greift in einen Korb)* Hier ist ein Brötchen für 30 Pfennige, das Brötchen saugt alles auf.

KUNDE: *(bezahlt – kaut auf dem trockenen Brötchen herum)* Mensch ist das trocken, das wird ja immer mehr im Munde.

VERKÄUFERIN: *(kramt im Regal)* Da habe ich herrliche geräucherte Knackwürstchen, das Paar nur 3 Mark.

KUNDE: *(bezahlt – beißt rein)* Die schmecken ja herrlich … schön geräuchert, nur etwas fett. Na, hoffentlich verträgt das mein Magen!

VERKÄUFERIN: *(holt etwas aus dem Regal)* Hier, etwas gegen empfindlicher Magen. Das beliebte Bullrichsalz für 2,50 Mark.

KUNDE: *(bezahlt, schaut dabei in sein Portemonnaie)* Mein Geld ist bald alle!

VERKÄUFERIN: So ein Sturz kann teuer kommen. *(sucht im Regal)* Hier, ein Talismann für 9 Mark. Da kann Ihnen das nicht noch mal passieren.

KUNDE: Woher wollen Sie das wissen?

VERKÄUFERIN: Hier, ein Buch für 12 Mark: »Die Sterne lügen nie!«

KUNDE: Nimmt Buch und Talisman. *(bezahlt)* So, nun ist mein Geld alle. Jetzt muss ich gehn. *(geht zur Tür – dreht sich um und sagt):* Wissen Sie, was mir jetzt auffällt, die ganze Zeit war ich Ihr einziger Kunde. Verkaufen Sie eigentlich etwas?

VERKÄUFERIN: *(schmunzelt)* Seitdem ich die hohe Türschwelle habe anbringen lassen, bin ich sehr zufrieden.